QUANDO VOCÊ ESCUTAR ESSA MÚSICA

Cet ouvrage a bénéficié du soutien des Programmes d'aides à la publication de l'Institut Français.

Este livro contou com o apoio à publicação do Institut Français.

AMBASSADE DE FRANCE AU BRÉSIL
Liberté
Égalité
Fraternité

INSTITUT FRANÇAIS

Tradução
Isadora Pontes

Preparação e revisão
Lucilia Teixeira

Revisão
Alessandra Magalhães

Capa e projeto gráfico
BR75 | Raquel Soares

Diagramação
BR75 | Thais Chaves

Dados Internacionais de Catalogação na Publicação (CIP)
(Câmara Brasileira do Livro, SP, Brasil)

Lafon, Lola
Quando você escutar essa música / Lola Lafon ; tradução Isadora Pontes. -- Rio de Janeiro : Editora Paris de Histórias, 2023.

Título original: Quand tu écouteras cette chanson
ISBN 978-65-85778-01-5

1. Frank, Anne, 1929-1945 2. Holocausto judeu
3. Romance francês I. Título.

23-168918 CDD-843

Índices para catálogo sistemático:
1. Romances : Literatura francesa 843

Eliane de Freitas Leite - Bibliotecária - CRB 8/8415

QUANDO VOCÊ ESCUTAR ESSA MÚSICA

Lola Lafon

Paris de Histórias
editora

Os homens são cúmplices daquilo
que os deixa insensíveis.

GEORGES STEINER

Mas, aquilo que é, ao mesmo tempo, ausente
tanto quanto presente,
saiba ver, pelo pensamento,
com um olhar que nada desvia.

PARMÉNIDES

APRESENTAÇÃO

Este livro tem início pela evocação de um registro de sete segundos da vida de Anne Frank, encontrado em um filme amador de 1941. A menina de 12 anos está numa janela, se debruça, acena, sem imaginar que, em breve, ao longo dos dois últimos anos de sua vida, passaria reclusa, impedida até mesmo de se aproximar desse elemento arquitetônico tão vital, que permite a ligação entre a casa e a rua. Em capítulos breves, de uma escrita que nos deixa em suspense, Lola Lafon desdobra a vitalidade dessa imagem de Anne Frank em movimento, em vida intensa, e, sobretudo, em processo vigoroso de escrita — não de um diário supostamente espontâneo, mas de um livro pensado e construído, uma escrita para o futuro.

Autora de obras que colocam em cena adolescentes silenciadas por diferentes motivos — como Nadia Comaneci e Patty Hearst —, Lola Lafon foi convidada a escrever a partir de uma noite que deveria passar em um museu de sua escolha, e não hesitou em escolher a *Anne Frank House*, em Amsterdã, ou mais exatamente o minúsculo apartamento no sótão, que serviu de esconderijo para Anne, sua irmã Margot, seus pais, e mais quatro amigos da família, que ficaram reclusos ao longo de mais de 700 dias, na capital holandesa, antes de serem descobertos, e deportados para os campos da morte, engrenagem mantida até o fim pelos nazistas, mesmo quando já sabiam que a guerra estava perdida.

O livro descreve um percurso intenso, verdadeiramente labiríntico, que nos leva a trilhar lentamente os 40 metros quadrados do Anexo Secreto, em que oito pessoas viveram juntas, boa parte do dia constrangidas ao silêncio e à imobilidade. Embora tenha sido desejada, é difícil a chegada de Lola Lafon à casa de Anne Frank, após uma febre misteriosa que lhe acomete na véspera de sua partida de Paris, cidade em que vive desde os doze anos, quando deixou a Romênia, onde nasceu, sob o regime ditatorial de Nicolae Ceaușescu.

Será longa a noite a que nos convida Lola Lafon, ao avançar, com curiosa relutância, com estranha dificuldade, pelo museu-casa, em direção ao espaço exíguo que serviu de quarto para a jovem autora de um dos diários mais célebres e controversos do século XX. Há alguma coisa de difuso no quarto de Anne Frank, alguma coisa que não é nem um fantasma, nem uma presença, escreve Lola Lafon. "Mas uma sensação de excesso, como se me fosse impossível encontrar um lugar nesse quarto."

A parede do minúsculo cômodo dividido por Anne Frank e Fritz Pfeffer, amigo da família, tornou-se, ao longo dos dias intermináveis de medo e reclusão, um denso álbum vertical, animado por reproduções de atrizes de cinema e cartões postais, colecionados pela menina. Este mural precioso, tão habitual em quartos de adolescentes, reveste-se de terrível ironia ao notarmos que, no imaginário da época, essas mesmas heroínas, que faziam a menina sonhar e imaginar o futuro, eram também representantes — involuntárias ou nem tanto — de uma política eugenista, que projetava ferozmente eliminar os judeus da humanidade. "Anne Frank apresentava em seu quarto as imagens-propaganda de um mundo loiro, triunfalmente ariano, do qual ela era uma mancha a ser apagada, um câncer a ser erradicado", observa Lola Lafon, também judia, e cuja família guarda vivas as marcas das transmissões do medo, da morte e do exílio. A noite passada no Anexo Secreto permite à escritora enfrentar sua própria noite, sua história em espera.

Não creio ser exagero afirmar que a escrita de Anne Frank é o lado solar do livro de Lola Lafon, cujo título só se desvenda quando chegamos nas páginas finais. O diário célebre, traduzido em dezenas de línguas, é assombrado por outro diário, este desaparecido. Acredita-se que Margot Frank, dois anos mais velha que sua irmã, também escreveu um diário, até hoje não encontrado. Lola Lafon imagina que alguém em Amsterdã teria conservado essas páginas desaparecidas, alguém com motivos para não as compartilhar, mantendo assim Margot "no vazio da história, protegida das interpretações, das análises e das paixões". Para Lola Lafon, a irmã de Anne Frank é o ponto de fuga de seu livro, o vazio que organiza a arquitetura narrativa. "Margot-mistério, cujo diário não foi encontrado, páginas perdidas de uma vida interrompida."

No livro, há ainda um outro adolescente a quem o futuro é barrado. Sua presença só se revela quando o dia está quase amanhecendo, e a escritora decide por fim entrar na plenitude do vazio que pressente no quarto de Anne Frank. Ela se senta no chão, abre seu caderno, anota um nome, e nos conta sobre um precioso encontro em sua infância em Bucareste, acontecimento que a lança, ao longo dos anos, em busca de uma imagem para sempre ausente, ecoando o diário perdido de Margot Frank.

Vejo a tradução deste livro no Brasil — país que mata suas crianças e adolescentes nas periferias todos os dias —, como uma elegia em defesa de um paradoxo: a vigorosa presença dos ausentes. "Eles não despareceram, eles estão aqui, os ausentes. Eles persistem, e o vestígio que deixa essa ausência é uma questão." *Quando você escutar essa música* contém uma poderosa reflexão sobre o gesto da escrita, um dos poucos gestos que nos permitem fazer face ao desparecimento e à morte, como afirma Anne Frank em cada página de seu Diário, e, claro, Lola Lafon, ao praticar uma escrita tão reflexiva quanto encantatória.

Leila Danziger

É ela. Uma silhueta na janela, surgida das sombras, uma garota. Ela se inclina com a mão sobre a grade, provavelmente atraída pelo barulho dos risos na rua: o cortejo elegante de vestidos de cetim e ternos cinzas.

Vira-se, parece chamar alguém: é um casamento, vem, vem ver. Insiste, faz um gesto com a mão, impaciente, chama de novo para que se juntem a ela, rápido. O cintilar do tecido é tão bonito, esse lustre de coques. É ela, no segundo andar de um prédio banal, uma pequena silhueta que entra para a história, no acaso de um movimento da câmera.

Cheia de vida, ela salta, essa que só conhecemos imóvel nas fotos em preto e branco. Com doze anos de idade. Tem apenas mais quatro anos para viver.

São as únicas imagens em movimento de Anne Frank. Imagens mudas, de um filme curto e amador, gravado em 1941, provavelmente por pessoas próximas dos noivos. Sete segundos de vida, nem mesmo um eclipse.

Como ela é amada, essa jovem judia que não existe mais. A única jovem judia a ser tão loucamente amada. Anne Frank, a irmã imaginária de milhões de crianças que, se tivesse sobrevivido, teria a idade de uma avó; Anne Frank, a eterna adolescente, que hoje poderia ser minha filha, será que a gente tem para sempre a idade com a qual paramos de viver?

Anne Frank, que o mundo todo conhece, mesmo sem saber quase nada. Uma imagem, aquela de uma jovem pálida com os cabelos bem presos por uma presilha, sentada na sua pequena escrivaninha, uma caneta na mão. Um símbolo, mas de quê? Da adolescência? Da Shoah? Da escrita?

Como chamá-lo, seu famoso diário, que todos os alunos leram e do qual nenhum adulto se lembra realmente? Seria um testemunho, um testamento, uma obra? A de uma adolescente enclausurada para não morrer, cujas palavras não param no lugar.

A de uma jovem que só terá como viagem uma escada para subir e descer, menos de quarenta metros quadrados para percorrer, durante setecentos e sessenta dias.

Anne Frank, a quem foram dedicadas músicas, poemas e romances, réquiens e sinfonias. Seu rosto está estampado em selos, canecas e posters, seu retrato é pintado nos muros e gravado em medalhas. Seu nome adorna a fachada de centenas de escolas e bibliotecas, foi atribuído a um asteroide em 1995. Seus escritos foram incluídos no registro da "Memória do mundo" da Unesco, em 2009, ao lado da Carta Magna.

Anne Frank que, no verão de 2021, aparece na capa dos jornais holandeses: em Amsterdã, manifestantes antipasse sanitário empunham seu retrato e gritam: "Liberdade, liberdade."

Anne Frank venerada e esmagada.

No dia 18 de agosto de 2021, passei a noite no Museu Anne Frank, no Anexo.

Vim viver a experiência do espaço pois não é possível viver a do tempo. Não é possível representar o peso das horas, a espessura das semanas. Como imaginar os vinte e cinco meses de vida das oito pessoas escondidas nesses cômodos apertados?

Então, a noite toda irei de um cômodo a outro. Irei do quarto de seus pais ao banheiro, do sótão à pequena sala. Contarei os passos dos quais Anne Frank dispunha, tão poucos.

Como chamá-la? Digo *Anne*, mas essa falsa intimidade me deixa desconfortável. Não posso dizer *Anne*, algo me impede, algo que, durante minha noite, se materializa pela impossibilidade de ir ao seu quarto. Então, digo *Anne Frank*, como na chamada, como se referem à antiga aluna brilhante de um colégio fantasmagórico. Duas palavras.

À noite, a imagino parecida com um recolhimento, com um silêncio. Pensava na noite como propícia para acolher a ausência de Anne Frank. Preparava-me para estar no diapasão do vazio, para recebê-la.

Eu me enganei. A noite tinha uma presença, iluminada pelos reflexos; no centro do Anexo, uma urgência ainda se dissimulava, a ser encontrada.

Nesse mês de maio de 2021, Amsterdã, como Paris, está ainda parcialmente confinada. A entrevista com o diretor do Museu, Ronald Leopold, será realizada à distância. Essa conversa é determinante; apenas ele pode me conceder a autorização de passar a noite no Anexo. Discutimos uma ou outra coisa para se conhecer. Se ele se felicita pelo eco que ainda encontra a história de Anne Frank, o diretor lamenta que essa adoração pela jovem faça sombras à sua obra, a de uma autora prodígio.

Alguns vêm todos os anos, há décadas, se asilar em seu quarto. Deixam cartas, pelúcias, terços, velas. Não é raro que uma visitante do museu se recuse a ir embora do Anexo, persuadida de que é a reencarnação da jovem.

Identificar-se a esse ponto deixa o diretor perplexo. Chamá-la por seu primeiro nome, como fazem alguns colegas, também o desconcerta.

Claro que trabalhar quotidianamente no Museu cria uma proximidade com ela, mas Anne Frank não é nem uma parente, nem uma amiga.

Sobre isso, ele não tem nenhuma intenção de me fazer um questionário, mas Leopold gostaria de saber: o que representa a jovem para mim?

Agi como se o meu projeto tivesse sido movido por algo racional. Adoto um tom desprendido, falo de meu trabalho, das jovens sobre as quais meus romances se centralizam: todas se confrontam com o espaço que lhes autoriza. Todas, assim, viram suas ideias serem reinterpretadas e reescritas por adultos.

Improviso.

Não ouso dizer a verdade, com medo de que Ronald Leopold me considere uma fanática, obcecada por Anne Frank. Não posso lhe explicar que este projeto de escrita é um desejo que nem eu mesma compreendo, que me persegue desde que se materializou, há algumas semanas.

Uma noite de abril, duas palavras que pronuncio, talvez, no sono, surgindo da infância. Anne. Frank.

Não pensei nela nos dias anteriores, nada li a seu respeito. Anne Frank é a razão do meu despertar, o assunto que nada pode dissipar nos dias seguintes. Ela ressona algo do que ainda não tenho consciência.

Não posso admitir para o diretor que não sei o que ela significa para mim, mas que preciso escrever esta narrativa.

Mesmo pela tela do computador, meu desconforto deve ser palpável. Ronald Leopold me acalma, não preciso responder na hora. Na mesma noite, lhe envio um email. Há certamente razões "objetivas" para me dedicar a este projeto: como muitas crianças, meus pais me deram o *Diário*, comecei a escrever para ser como ela. Minha mãe foi escondida, quando criança, durante a guerra. Eu sou judia. Mas acho que nada disso tem importância, ou, ao menos, que não é suficiente para explicar minha vontade de escrever este texto. Termino minha mensagem com uma pirueta, citando Marguerite Duras: "Se soubéssemos algo daquilo que vamos escrever, antes de escrever, nunca escreveríamos. Não valeria a pena." A resposta não demora: Ronald Leopold me propõe de encontrar virtualmente uma acadêmica, hoje aposentada.

Laureen Nussbaum é uma das últimas pessoas ainda vivas que conhecera bem os Frank, e é também uma pioneira: estuda o *Diário* enquanto obra literária desde os anos 1990.

Na tela, uma senhora elegante e cheia de vida me sorri: Laureen pressente o que estou morrendo de vontade de saber. Há mais de sessenta anos, perguntam-na a mesma coisa: como ela era, quando criança, essa que Laureen ainda chama de sua "pequena vizinha"?

"Anne era... faladeira. Tão faladeira! Odiava estar errada. Os adultos a achavam difícil e adorável ao mesmo tempo. Eu tinha quatorze anos. Anne, onze. Para mim, era uma menina, a irmã da minha amiga, Margot. Ambas eram muito mimadas pelo pai. Era um homem moderno para época: era importante para ele que suas filhas fossem educadas, que formassem a opinião delas sobre o mundo. Não puderam ver muita coisa...".

Como os Frank, os pais de Laureen tiveram de fugir da Alemanha em 1933, após a vitória do Partido nacional-socialista.

Migram para os Países Baixos: o país permaneceu neutro durante a Primeira Guerra Mundial.

Em Amsterdã, as duas famílias se encontram no bairro de Merwedeplein, onde foram morar muitos refugiados da Europa central.

"Ao fim de alguns meses Margot, Anne e eu falávamos fluentemente o holandês. Brincávamos indistintamente com crianças protestantes, católicas. Tínhamos a sensação de ter encontrado um refúgio."

Dia 14 de maio de 1940, a Holanda se rende.

Os Frank tentam ir para os Estados Unidos, mas a administração americana exige documentos demais, será impossível reuni-los a tempo. As fronteiras são fechadas.

"Medidas antijudaicas foram sendo estabelecidas pouco a pouco. Nós nos recusávamos a nos deixar atingir, mantínhamos a cabeça erguida. Nos proibiram de pegar o transporte público e de ter uma bicicleta? Íamos a pé. Não podíamos mais ir ao cinema ou a shows? Azar, tocaremos músicas em casa. No verão de 1941, os diretores dos ensinos médios realizaram listas de estudantes de 'sangue judeu'. Na sala de aula, nos obrigaram a nos sentar separadamente. Pouco tempo depois, fomos excluídas. Margot ficou devastada, ia esperar seus antigos colegas de classe na saída de tanta saudade.

As crianças judias não tinham mais o direito de ir para a escola? Não seja por isso, tinha muitos bons professores judeus, faríamos nossas próprias escolas.

Nos apegávamos a qualquer alegria: Otto alugava filmes que projetava para suas filhas, Anne confeccionava as entradas de cinema que dava para suas amigas. Tudo era imitado com perfeição: o horário da sessão, o assento reservado." Laureen aproxima a cadeira de sua mesa, ela folheia um livro — eu percebo na capa o perfil de Anne Frank—, ela ajusta os óculos e o tom de voz:

Sábado,20 de junho de 1942

Os judeus devem carregar uma estrela amarela; os judeus devem devolver as bicicletas, os judeus não têm o direito de pegar o bonde; os judeus não têm o direito de andar de ônibus, nem mesmo em um carro particular; os judeus só podem fazer compras de 3 às 5, exceto nas lojas que têm marcado "local judeu"; os judeus só podem ir em cabeleireiros judeus; os judeus não têm direito de sair na rua de 8 horas da noite às 6 horas da manhã; os judeus não podem frequentar teatros, cinemas e outros lugares de divertimento; os judeus não podem ir à piscina, ou jogar tênis, hockey e outros esportes; os judeus não têm o direito de praticar o remo; os judeus não podem praticar nenhum esporte em público. Os judeus não têm o direito de ficar no jardim na casa deles ou na de amigos após às 8 horas da noite; os judeus não podem mais entrar na casa dos cristãos, os judeus devem frequentar escolas judias e por aí vai, é assim que vivemos e nos era proibido fazer isso ou aquilo. Jacque sempre me diz: "Não ouso mais fazer nada, tenho medo de que seja proibido".

"Essa página do seu *Diário* é a primeira a relatar algo diferente do seu quotidiano de estudante... Me lembro de uma outra proibição, acrescenta Laureen. Os judeus não podiam mais ter pombos. Os nazistas pensavam em tudo... A estrela amarela se tornou obrigatória em janeiro de 1942. Era tão humilhante ser marcado como um leproso. Havia perseguições e detenções em massa, em pleno centro de Amsterdã, os nazistas prenderam centenas e centenas de judeus, forçavam eles a se ajoelhar, a... fazer coisas... degradantes. Sabíamos que eram deportados para Mauthausen. Todas as famílias temiam receber o que chamávamos de 'convocação'. A Gestapo as enviava aos jovens judeus, entre dezesseis e vinte anos. Tinham nove dias para se apresentar à polícia. Margot e eu acabávamos de fazer dezesseis anos."

Segunda, 6 de julho de 1942, Margot não vem à aula. Preocupada, Laureen decide ir à sua casa. A porta do apartamento dos Frank está entreaberta. Os cômodos vazios, as camas desfeitas.

No dia anterior, um agente da Gestapo tocou na casa dos Frank, trazendo a temida convocação: Margot devia pegar suas coisas e se apresentar ao comboio que a levará a um "campo de trabalho".

Se Lauren se lembra de seu abalo, a partida dos Frank não a surpreendeu.

"Mister Frank dizia cada vez com mais frequência que não iria esperar que a Gestapo viesse procurá-los. Todo mundo achava que eles tinham fugido para a Suíça. Eu nunca poderia ter imaginado que Margot e Anne estavam tão próximas, na mesma cidade que eu..."

Ainda hoje, Laureen o chama de Mister Frank, esse senhor elegante, diretor de uma pequena empresa de pectina, cuja erudição e a calma tanto a tinham impressionado na infância.

Um judeu liberal, com métodos de educação modernos: desde a sua chegada aos Países Baixos, matricula sua caçula no maternal Montessori, em Merwedeplein.

Um judeu alemão, oficial do exército durante a primeira guerra, que foi condecorado por seus atos de bravura. Talvez, muito provavelmente, tenha pensado que isso o protegeria. Mas, para os nazistas, Mister Frank era judeu antes de ser alemão.

Laureen só o verá novamente em junho de 1945: um homem irreconhecível, esquelético e exausto. Um sobrevivente de Auschwitz-Birkenau, um viúvo: Edith morreu em Auschwitz, no dia 6 de janeiro de 1945.

Não gravo Laureen Nussbaum, prefiro fazer anotações: no meu caderno, a terrível jornada de Otto Frank é uma série de números. Cinco meses de peregrinação e errância durante os quais tenta voltar para Amsterdã.

Em 27 de janeiro de 1945, o Exército Vermelho entra no campo de extermínio. Otto está tão fraco que não consegue partir antes de retomar suas forças. Em fevereiro, os combates continuam em boa parte da Europa: seria perigoso viajar. Quando Otto Frank recebe finalmente o documento que o autoriza, precisa ainda esperar, as estradas polonesas estão destruídas.

Em 5 de março, Otto Frank chega a Katowice, onde fica por três semanas. No dia primeiro de abril, toma um trem para Odessa, a viagem dura quase quatro semanas. Dali, consegue embarcar, com outros sobreviventes, em um barco que navega até Marselha. Na França, encontra um trem para Roermond, nos Países Baixos. Em 2 de junho, um carro o conduz de Roermond até Amsterdã.

Quando, num domingo, toca na porta dos pais de Laureen, "Mister Frank" não tem mais casa, família ou a segurança tranquila com a qual a conheceu. É uma alma perdida no meio dos vivos.

Só fala delas, precisa reencontrar suas filhas. Sabe que foram deportadas para Bergen-Belsen. Concentra-se na juventude delas: certamente terão sobrevivido.

Publica este anúncio nos jornais holandeses: "Pedido de informações sobre Margot Frank, 19 anos, e Anne Frank, 16 anos, em janeiro no transporte para Bergen-Belsen. Tel.: 37059."

Todas as manhãs, comparece à abertura do centro da Cruz Vermelha. Tira uma foto de seu bolso: talvez vocês tenham alguma notícia de Margot, de Anne?

Vai de um hospital a outro: vocês viram Anne ou Margot? Percorre as estações onde começam a chegar as raras sobreviventes de Bergen-Belsen. Grita o nome delas, mostra a cada uma delas as fotos de suas filhas.

Mister Frank, quando vem almoçar na casa dos pais de Laureen, no domingo, fala no futuro, nunca no condicional. Diz "quando eu as encontrar".

Em 18 de julho de 1945, Otto Frank cessa sua procura. A carta que acaba de receber é curta, cinco linhas assinadas à mão por uma jovem enfermeira de Bergen-Belsen, Janny Brilleslijper.

Janny foi deportada com sua irmã Lientje, ambas resistentes; foram prisioneiras nos campos de Westerbork, de Auschwitz, depois de Bergen-Belsen. Como as irmãs Frank.

A carta de Janny confirma a morte das duas filhas de Otto.

Laureen pede desculpas, levanta-se e some, desaparece da tela. Escuto uma torneira aberta, em seguida a frágil silhueta reaparece com um copo de água.

Temo que nossa conversa seja penosa demais para ela e decidimos nos ligar novamente uma outra noite.

Quando estou quase me desconectando, Laureen me faz um sinal para que fique: gostaria de me falar um pouco sobre o *Diário*... Alguns encontros começam no momento em que vamos embora, quando o tempo se apressa. Então, as palavras batem no coração do essencial.

Anotei frases que depois se afogaram no resto de nossa conversa. Provavelmente, ainda era cedo demais para que eu desse ouvidos ao aviso de Laureen.

Nessa noite, me aconselha a me interessar pela quarta capa das diferentes edições do *Diário*. São extremamente reveladoras. O que os editores escolheram destacar e, também, as palavras que evitaram empregar.

Nos anos 1960, por exemplo, me diz Laureen, podia-se ler: "Ler o *Diário* é assistir ao florescimento de uma jovem diante da *adversidade*."

Na ocasião de sua publicação nos Estados Unidos, pedem a Eleanor Roosevelt para escrever o preâmbulo. Nele, louva a "nobreza da mente humana", se comove dessa "mensagem de esperança". O *Diário* é um "monumento" erigido a todos aqueles que "lutam pela paz".

Nenhuma alusão ao regime nazista ou à Shoah. Nenhuma palavra sobre as condições nas quais Anne Frank escreveu.

"Anne não lutava pela paz. Ela ganhava tempo sobre a morte ao escrever sua vida. Não esqueça disso, insiste Laureen Nussbaum: Anne Frank queria ser lida, não venerada. Hannah Arendt qualificava a adoração da qual ela é objeto de 'sentimentalismo barato às custas de uma imensa catástrofe'... Não é uma santa. Não é um símbolo. Seu *Diário* é a obra de uma menina vítima de um genocídio, perpetuado na indiferença absoluta de todos aqueles que sabiam. Não use a palavra *esperança*, por favor."

Nossa troca é um primeiro passo noite adentro. Um passo no vazio também, que me mostra o tamanho da minha ignorância. Esse texto vendido a mais de trinta milhões de exemplares no mundo não é um simples diário íntimo ou um testamento. Seria negar a empreitada da autora Anne Frank, reduzi-la a um testemunho, me disse Laureen. Anne queria se tornar escritora ou jornalista, escreveu isso.

No meu caderno, um conjunto de pontos de interrogação circula a data sublinhada, a do dia 29 de março de 1944.

Nesse dia, quando vive trancada no Anexo desde o verão de 1942, Anne Frank ouve, na Rádio Oranje, um anúncio do ministro da Educação dos Países Baixos, em exílio em Londres. Pede aos holandeses para guardarem as cartas e diários íntimos: depois da guerra, essas narrativas serão testemunhos preciosos. Essa declaração a eletrifica, ela se entusiasma, fala com seu pai: seu diário poderia ser publicado, um dia.

Tão logo, começa a retrabalhá-lo: abandona o tom espontâneo das primeiras páginas, aperfeiçoando o estilo. Redige um prólogo, suprime as partes que julga talvez pessoais demais, desenvolve outras. Decide utilizar pseudônimos, fazendo dos ocupantes do Anexo, que ela retrata às vezes severamente, personagens, escolhe uma forma narrativa particular, endereçando-se a uma amiga imaginária, Kitty, heroína dos romances para a juventude que adora. Descreve minuciosamente o Anexo, cômodo por cômodo e precisa o contexto histórico.

Retoma uma frase, questiona a pertinência de um capítulo, escuta o ritmo de um parágrafo, passa de um tom introspectivo a reflexões mais políticas: a partir desse dia, Anne Frank não é mais uma menina que possui um diário, todas as suas decisões são as de uma autora que pensa em seus futuros leitores. Se começou a escrever sem ter a intenção de ser lida em 12 de junho de 1942, do mês de março de 1944 em diante, diz "eu", mas começa a pensar em nós. Estava convencida de que seu texto saberia encontrar o futuro, ele virá nos procurar; hoje, veio me procurar.

Como chamar essa narrativa que não consigo decidir reler antes da minha noite no Anexo? Esse livro é uma prestação de contas, da qual participamos. Tememos o resultado, sabemos que depois do 4 de agosto, data de prisão dos Frank, não terá mais nenhuma palavra. Esse livro, conhecemos seu fim; a autora, o ignora.

No início do mês de junho, um email intitulado "Security/ Anne Frank House" me anuncia que estou autorizada a passar a noite do dia 18 de agosto no Anexo. Lá será proibido beber ou comer, assim como tirar fotos.

Algumas recomendações do serviço de segurança são comuns a todos os museus, outras, em contrapartida, são mais surpreendentes: "O Anexo é um objeto de coleção do Museu. Não é permitido pendurar a bolsa ou roupas na maçaneta da porta, nem a utilização das tomadas para carregar o celular. As escadas são íngremes e seus degraus, desiguais: são recomendados sapatos confortáveis, é preferível evitar solas de couro."

Estarei sozinha no Anexo. O vigia fica no Museu contemporâneo. Terei de ir embora às 7 horas da manhã.

Sei, li, esse lugar no qual passarei dez horas é um apartamento vazio. É diante da ausência de seus habitantes que os visitantes desfilam. É o vazio que transforma o apartamento em museu. Um vazio que nos é endereçado, a súplica de um desaparecido: Otto Frank que, ao retornar de Auschwitz, em 1945, encontra o esconderijo saqueado pelos nazistas, cada armariozinho, cada gavetinha, as estantes: devastados.

Otto Frank que, quando se falou de transformar o Anexo em museu, em 1960, exigiu que o apartamento continuasse no estado em que o encontrou. Que sejamos testemunhas do vazio, sem poder subtraí-lo, que sejamos confrontados a ele.

Vejam o que jamais será preenchido.

Assim, ao sair, não poderemos dizer: no Anexo, não vi nada. Diremos: no Anexo, não há *nada* e esse *nada*, eu vi.

Essa noite que passarei lá onde oito pessoas, durante vinte e cinco meses, tiveram de se curvar ao silêncio, aprender todas as suas nuances, dos cochichos aos passos macios, passando pela imobilidade total.

O quotidiano de Anne Frank era o de uma prisioneira submetida a uma pena sem fim, o quotidiano dos ocupantes do Anexo era de permanente coerção.

Às 8 horas, os funcionários da empresa se acomodavam em suas mesas, situadas bem embaixo do esconderijo. Se cinco deles sabiam da presença dos Frank — lhes davam comida, livros e palavras de encorajamento —, os estoquistas nada imaginavam. Assim, até meio dia e meia, *nenhuma gota de água, nenhuma descarga, nenhum passo, silêncio absoluto,* escreve Anne Frank. Os clandestinos tinham então uma hora para almoçar, ir ao banheiro, escutar as notícias na Rádio Oranje, conversar. Às 13h30, era necessário voltar à imobilidade. Ler, escrever, toda atividade que pudesse ajudar a esquecer a dolorosa anquilose nas costas, o peso assombroso de uma bexiga cheia.

O corpo, no Anexo, é um corpo privado de luz, de ar, de movimento. Um corpo partido, dolorido, dormente. Um corpo faminto e nauseado pelos pratos farinhosos e batatas mofadas. Um corpo submetido a todos os medos, todas as angústias, o perigo está em todo lugar: o imóvel da direita tem moradores, o da esquerda é uma marcenaria.

A gente se acostuma a estar em perigo?

O medo é uma invasão brutal, como uma corrente de retorno, essa força que nos arrasta para frente contra a qual não podemos lutar, ou o medo se dilui nos dias que passam e a gente acaba se acostumando com ele?

As angústias se acumulam, ressoam. A angústia de se trair. De tremer, de um gesto muito intenso, os panos opacos que Anne Frank e seu pai pregam nas janelas no dia da chegada. A angústia de ficar doente, de deixar escapar um espirro, uma crise de tosse. De não poder se tratar.

O coração deles se acelera ao menor barulho fora do comum, como nesse dia em que os Frank ouvem assaltantes quebrarem a porta dos escritórios, no andar debaixo.

Há o medo de morrer queimado vivo, nessa noite em que as bombas explodem bem ao lado do Anexo. O terror de morrer soterrado sob os escombros: impossível alcançarem um abrigo. Há o medo de não aguentar, oito pessoas trancadas, sem nenhuma intimidade. O medo de perder a cabeça e a esperança — mas que esperança? O medo, também, às vezes, de ser traído por um dos funcionários e protetores. O medo, o terror, o horror, a angústia de não saber o que acontecerá, quando serão descobertos.

A ideia de nunca poder sair, escreve Anne Frank em 28 de setembro de 1942, *me oprime também, mais do que sou capaz de dizer e tenho muito medo de que nos descubram e nos fuzilem, evidentemente uma perspectiva muito pouco alegre.*

A angústia, escreve em 8 de novembro de 1943, é *uma massa sombria que não nos empurra nem para baixo, nem para cima, mas que se mantém diante de nós, muro impenetrável, que se prepara para nos destruir, mas ainda não pode.*

Algumas semanas antes de ir para Amsterdã, eu leio, como sempre faço antes de começar um novo projeto. Esse amontoado de pequenos saberes — uma abordagem tímida do "assunto" — é minha paixão preliminar. É também um modo de adiar o mergulho na escrita, de esperar que seja um imperativo.

Leio como traçamos um círculo ao redor de um ponto, sem me aproximar. Leio como nos preparamos para entrar num labirinto. Leio artigos universitários que se interessam pela diferença entre impressão e traço, releio *Dora Bruder*, de Patrick Modiano, leio uma biografia de Audrey Hepburn, cuja mãe venerava Hitler: a atriz se recusou a interpretar o papel de Anne Frank no cinema, temendo não ser "legítima" para fazê-lo.

Leio um ensaio sobre a transmissão do trauma da Shoah por diferentes gerações, leio um parágrafo de Miep Gies, a secretária de Otto Frank, uma das cinco funcionárias que tornaram possível a clandestinidade dos Frank. Leio análises feministas do *Diário*, dentre as quais um ensaio de Laureen Nussbaum. Leio um dos primeiros romances de Philip Roth, publicado em 1979, *L'écrivain des ombres [O escritor das sombras]*, no qual imagina uma Anne Frank adulta, que teria sobrevivido, escondida sob um pseudônimo nos Estados Unidos. Consulto as contas no instagram dedicadas a Anne Frank; no Youtube, centenas de vídeos que a homenageiam, um número considerável escolhe a música do filme *Titanic*, alguns comentários foram apagados por "incitação ao ódio".

Minhas noites são as de um impostor ao ponto de ser desmascarado. Sonho que tenho de fazer uma prova na qual fracasso, sonho que recusam minha entrada no Museu.

A data da minha partida se aproxima e minha ansiedade se transforma em dúvida, depois em certeza: não sou aquela que deveria escrever este livro. Como poderia escrever o que evito tão constantemente?

Sou aquela que, desde a adolescência, olha para o outro lado; aquela que não assiste aos documentários sobre a Shoah. Aquela que leu somente poucos livros sobre o assunto. Aquela que saiu da sala durante a projeção da *Lista de Schindler*, que ficou nauseada durante *A vida é bela*, de Benigni, aquela para quem a romantização do Holocausto é insuportável.

Sou aquela cujo cérebro bloqueia assim que o *assunto* é abordado. No ensino médio, evitei as aulas sobre a Segunda Guerra Mundial. Afirmo que não preciso ver, ou ler: eu *sei* dessa história. *Sei* do percurso daqueles que, por volta de 1920, tiveram de fugir de uma morte anunciada, a dos pogroms, dos guetos, na Rússia, na Polônia. Que abraçaram mães, pais, irmãos e irmãs, sem a promessa de revê-los. Que tudo abandonaram. Que mudaram de nome, desejos e língua — mas essa *escolha* não era realmente uma, nunca seriam simples cidadãos no seu próprio país.

Sei a história dessas famílias que cresceram no amor de uma França de ficção, aquela de Hugo, de Jaurès e da Declaração dos Direitos Humanos. *Sei* que, longe do refúgio que esperavam encontrar, foram humilhados, perseguidos, deportados.

Mais do que *saber*, devo dizer que *conheço* essa história, que é também a história da minha família. *Saber* implicaria que alguém tivesse me contado, transmitido. Mas uma história em que faltam parágrafos inteiros não pode ser contada. E a história que eu *conheço* é uma narrativa perfurada por silêncios, da qual a terceira geração depois da Shoah, a minha, herdou.

Nossas árvores genealógicas foram arrancadas, queimadas, calcinadas. A narrativa foi interrompida.

As palavras se mostram impotentes, desapareceram dessas famílias, da minha família. A história que não contamos anda em círculos, nunca pontuada, nunca terminada.

Essas linhas em fragmentos assombradas de tantos desaparecidos, que não sabemos nem mesmo como pereceram. Gaseificados, queimados ou jogados, nus, numa vala coletiva, privados para sempre de sepultura. Não podemos homenageá-los. Não podemos fechar esse capítulo.

Nessas famílias, conjugaremos tudo no "nunca mais": há esses países para onde nunca mais voltaremos — a Polônia, a Rússia — terras de perseguição. Há as línguas que nunca mais falaremos.

Essas famílias só conhecem os extremos. O exílio ou a morte. O heroísmo ou a morte. Nascer *depois*, é viver numa dívida perpétua. Cada criança será um milagre. Há o dever de ser sobre-vivente.

A bravura do meu tio avô, que não pode ser medida, nos deixa sem palavras. Judeu polonês, resistente, membro dos FTP-MOI, esses jovens apátridas ou imigrados ashkenazes, clandestinos que, na França, lideraram a resistência armada contra os nazistas, uma guerrilha quase quotidiana.

O martírio vivido pelo meu outro tio avô, que não pode ser medido, nos deixa sem palavras, com os números roxos tatuados em seu punho, sua matrícula de Auschwitz-Birkenau.

A infância de minha mãe, da qual não pode ser curada, nos deixa sem palavras; uma garotinha que os pais tiveram de esconder para salvá-la, uma criança que sabia, com quatro anos, que ser judia era uma condenação à morte. Uma criança que, um dia em que saía da escola, encontrou, pelo caminho, os corpos desarticulados com o crânio destruído de adolescentes judeus executados.

A raiva desesperada dos que vieram *depois*, nos deixa sem palavras.

A do meu primo, nascido tarde demais para combater, em 1944; que nunca cessará de procurar uma guerra: irá das barricadas de Maio de 68 até as guerrilhas da América do Sul. Escreverá, em uma narrativa autobiográfica, que nascer judeu é vir "da morte e, muito cedo na vida", se preparar "para a ela retornar". Escreverá que "nenhuma juventude teria outro sentido que não fosse morrer violentamente" e será terrivelmente ouvido. Será abatido por várias balas atiradas em suas costas por um pequeno grupo de policiais de extrema-direita, em plena Paris, em 1979.

Outros, da minha geração, serão tomados por um longo estupor. Farão do quotidiano um casulo químico de antidepressivos e ansiolíticos. A destruição, na minha família, foi transmitida como as outras transmitem a cor dos olhos.

Desde a adolescência, evitei a história dos judeus da Europa Central. Virei as costas ao abismo. Não queria ouvir nem saber. Os pesadelos deles não seriam os meus. O que eu desejava era fazer parte de uma família *normal*. Que não fosse assunto de nenhum livro de história, que não suscitasse pena, nem ódio.

No colégio, eu adorava aquelas que ostentavam uma cruz dourada ao redor do pescoço. Eram maravilhosamente *normais*. A despreocupação delas me subjugava, essa displicência quando mencionavam as aulas de catecismo, a comunhão que se aproxima. No ensino médio, tinha inveja de todos que vinham de famílias cuja genealogia era tranquila; morriam de modo banal, de doença ou velhice. Me apaixonava por homens que conheceram seus tataravós. Me apaixonava por mulheres cuja família era tão numerosa que era preciso alugar uma casa para se reunir no Natal.

Os buffets decorados com fotos antigas me fascinavam, qualquer traço de um passado transmitido: guardanapos, receitas herdadas de uma tataravó. As conversas clássicas no final da refeição, quando comentam a semelhança entre as gerações, me deixavam desconfortável. Não sabia com quem eu me parecia. Meus avós não tinham mais as fotos de seus irmãos e irmãs, esses adolescentes russos, poloneses, mortos de frio, de fome, de exaustão, nos comboios que levavam ao campo de concentração de Auschwitz-Birkenau e dentro do próprio campo.

Minha recusa em fazer parte dessa história se exprimia até nos meus gostos literários: amava perdidamente aqueles e aquelas que menos se pareciam comigo, com os quais não tinha nada em comum. Carregavam o estandarte da magnífica superficialidade, os tormentos elegantes, a degradação pop deles: a tristeza leve de Françoise Sagan me deleitava, bem como os dramas conjugais e ornados de diamantes de Francis Scott Fitzgerald, as errâncias, com David Bowie no fundo, de uma *Christiane F., 13 anos, drogada e prostituída* me cativavam.

Execrava os filmes dos quais se saía com os olhos vermelhos, zombava das lágrimas das minhas amigas, *A escolha de Sofia* as tinha abalado.

Somente a morte de animais me emocionava; soluçava com a história de um cachorro atropelado, um cavalo machucado que teve de ser abatido depois da corrida. Os sofrimentos dos seres humanos me deixavam indiferente. A morte violenta era talvez familiar demais para mim, emprego essa palavra em seu sentido mais comum: o abate era parte da família.

I'd rather be dancing, exclamava o poster na parede do meu quarto.

Preferir dançar, para não escutar o rumor que flutuava. Queria ser completamente nova, nascida das minhas próprias escolhas: ninguém, na minha família, tinha feito dança clássica.

Maurice Béjart afirmava que uma dançarina deveria ser metade freira e metade boxeadora.

Ali estava minha religião, tinha cheiro de colofônia e suor. Eu a tinha encontrado no chão: ali se sofria, ali se calava.

Prometia me devotar a perpetuar a ilusão internacional da leveza. Copiava as palavras de Théophile Gautier em um caderno — *esculpe, lima, cinzela* —, tinha coescrito o libreto do meu balé preferido, *Giselle*. Adorava a dureza humilhante dos meus professores, as injunções deles — recomece! — ritmavam meu dia.

Menosprezava as pessoas da minha idade que, depois da aula, iam passar o tempo no café: não enfrentavam nada, uma vida tão fácil e sem nenhum sentido. Os dançarinos, por sua vez, combatiam todo dia o peso, o cansaço, a dor.

A dança era um lugar de crueldade e concorrência, mas era um mundo preservado do político; um museu de tule. Um mundo no qual os homens eram príncipes e as mulheres, espectros, willis, espíritos de jovens mortas que, segundo a lenda, perseguiam aqueles que traíssem uma promessa. Eu traía o passado familiar, mas nada lhe prometera.

Quando me perguntavam de onde eu vinha, fazia a triagem do que me parecia aceitável.

Mencionava origens russo-polonesas sem mais precisões, o meu loiro era um passaporte para a tranquilidade. Escamoteava uma palavra, no meu CV de normalidade; mas qual a importância, era uma palavra tão pequena e que soava forte demais: judia. Não a pronunciava.

Dizia que vinha "de todo lugar" e era em parte verdade: tinha crescido na Bulgária e na Romênia, esses países nos quais tanto amei a Páscoa ortodoxa. Meus avós eram poloneses, russos, mas também franceses do Sudoeste do lado do meu pai, passava minhas férias nos Landes, uma parte da minha família era norte-americana, eu era trilíngue.

Quando falava inglês, pensavam que eu era americana. Quando falava romeno, achavam que era romena.

Era um jogo de sábado à tarde: andar por Paris como uma turista, pedir informações sobre o caminho em inglês, como se fosse outra. Não tinha nenhum sotaque, nenhum pertencimento.

Sou, sem dúvidas, uma criança dos anos 1980, esses anos que promoveram a "reinvenção de si", e dela fizeram um sonho alcançável pelos clipes. A aeróbica prometia um novo corpo e as obras de autoajuda, uma nova personalidade. Bastava querer: seríamos quem sonhávamos ser. *Just do it.*

A identidade era um traje, uma fantasia.

Madonna era todas as mulheres, uma Marilyn, uma Virgem, uma feminista, uma mulher de negócios, um sex symbol, uma porta-voz da moda, uma dançarina, uma mãe, Eva Péron, uma loira com as axilas escuras, orgulhosa de ter se criado e recriado.

A música vendia o otimismo mundial: *We Are the World*, um mundo novo no qual não teríamos mais o direito de ter fome nem frio, bastava acreditar. Pela graça de uma mãozinha amarela nas costas da jaqueta, os racismos iriam recuar, não pegariam meu camarada.

Abracei essa crença, na esperança de me afastar de uma paisagem devastada, de me afastar *daqueles mortos*.

Em todas as injustiças, em todas as causas, eu me engajava, principalmente naquelas que não me diziam respeito diretamente: os zapatistas de Chiapas, os prisioneiros bascos ou os moradores de rua. Todas as injustiças, todas as tragédias, exceto *uma*.

A memória é um lugar onde se sucedem portas a entreabrir ou a ignorar; a memória, escreve Louise Bourgeois, "não vale nada quando a gente a solicita, é preciso esperar que nos atinja".

Antes de entrar na noite desse mês de agosto de 2021, não *sei* nada, exceto que: os fantasmas, ao contrário do mito que diz que nos assombram sem piedade, são comportados. Esperam por nós, têm todo o tempo do mundo, aquilo que não temos.

Esperam que aceitemos ser desnorteados. Que nossas pálpebras se descolem e que adivinhemos, através do tempo, suas sombras pacientes. Então, poderemos dar espaço àqueles que dizemos "perdidos". Nós os encontramos.

Em 16 de agosto de 2021, dois dias antes de ir, tive uma febre brutal, uma febre de criança.

Acamada, envio um email para Alina Gurdiel, a diretora da coleção: desculpe, não poderei ir a Amsterdã. Percebo sentir um alívio, meus amigos têm razão: não é um projeto *leve*.

Na manhã da minha ida, não tenho mais nenhum sintoma. Irei para Amsterdã.

No trem, uma mulher sentada atrás de mim se irrita ao telefone. Muito confuso, você é tão confuso, diz a seu interlocutor. Eu o imagino, do outro lado da linha, tentando desesperadamente esclarecer suas palavras, elaborar seu pensamento.

Gostaria de pegar o telefone e reconfortar esse confuso caçoado. A confusão está em extinção em um mundo onde reina a exigência da transparência. Elogiamos a limpidez, a clareza de uma intervenção midiática. Saber resumir sua ideia em poucas palavras é um saber contemporâneo, um ideal de agência imobiliária.

Os discursos "claros" são com frequência aqueles dos comunicadores, sejam políticos ou publicitários. A gente vê através: estão vendendo alguma coisa. A confusão interroga. Precisamos olhar mais de perto. É uma névoa do mar que dissimula o perfil de uma falésia. É essa desordem de um amor que nasce, que ainda não se chama "relação". É uma tristeza sem objeto, que aparece quando menos esperamos, na beira da felicidade. As criaturas confusas têm para elas o espaço da ficção, nada amam mais do que os personagens de quem nunca saberemos tudo. Um romance não pode ser transparente, é tecido por dúvidas e solidão, a do escritor que lhe consagrou seu tempo. Um romance não vende, propõe.

Como são todos confusos, esses escritores que amamos. Não aspiram a nenhuma limpidez, Georges Perec, quando tenta definir a judeidade; "não é um sinal de pertencimento, não está ligado a uma crença, a uma religião, a uma prática, a um folclore, a uma língua; seria mais um silêncio, uma ausência, uma questão, um pôr em questão, uma flutuação, uma inquietação: uma certeza inquieta, atrás da qual se delineia uma outra certeza, abstrata, pesada, insuportável: aquela de ter sido designado judeu e, porque judeu, vítima, de dever a vida apenas ao acaso ou ao exílio."

Atrás de mim, a mulher finaliza a conversa com uma pergunta que não pede resposta, suspira: você não poderia ser um pouco mais claro?

Amsterdã vira as costas para o verão e declina diferentes versões de uma chuva outonal.

Na recepção, o funcionário do hotel se mostra prestativo: me propõe uma seleção dos melhores *coffee shops* e clubes de *lap dance* exclusivo para as mulheres, assim como um cupom de desconto para uma visita guiada da cidade. É preciso reservar a metade do dia para a opção "museus de arte". A opção "Anne Frank" é mais rápida, o passeio dura apenas duas horas. Andamos sobre os traços da jovem, visitamos seu parque preferido, sua escola primária e, claro, o Museu, onde se encontra seu *esconderijo*, o rapaz pronuncia essa última palavra com um prazer infantil.

A que horas você toma café da manhã?

Amanhã de manhã, provavelmente estarei dormindo, lhe digo. Porque esta noite, vou *ver* Anne Frank, enfim, o Museu. Concorda com a cabeça, impassível, claro, Senhora.

O quarto onde não passarei a noite é espaçoso e calmo. Alguém deixou um bilhete de boas-vindas sobre a cama: *You'll be surprised!*

No verso, está a afirmação: *Here, you'll forget everything!*

A gente pode reclamar na recepção se a promessa se mostrar mentirosa e se, de manhã, não esquecermos tudo? A direção tem um registro do que não se consegue despistar, lembranças obstinadas, relutantes?

Vou encontrar às 15h horas uma colaboradora do Museu, Teresien da Silva, no bairro de Merwedeplein. Ela me mostrará o apartamento no qual os Frank viveram entre 1933 e 1942.

Nada o diferencia dos outros, esse imóvel de tijolos vermelhos e janelas brancas, se não fosse pela homenagem discreta, na calçada: placas acobreadas lembram que aqui viveram Otto, Edith, Margot e Anne Frank.

Teresien se exprime com a precisão de uma investigadora, com fatos e números: encontrou mais de noventa testemunhos, amigos, vizinhos ou parentes dos Frank, trabalha desde os trinta e sete no museu. Conhece Laureen Nussbaum, teve a honra de conhecer muito bem Miep Gies.

O apartamento ressoa a nossa presença, nossas vozes me parecem barulhentas, quase intrusivas. Teresien está ocupada na cozinha, prepara o chá, não ouso me sentar na poltrona gasta da sala, nem em uma cadeira. Estamos *na casa* dos Frank.

Provavelmente ela percebe meu incômodo, Teresien me tranquiliza: posso me sentar onde quiser. Esses móveis não são de época, são cópias. Esse apartamento não é um museu, mas uma residência de escritores que acolhe autores vítimas de perseguição em seus países de origem. Aqui, se escreve, aqui, se vive.

Perambulamos de um cômodo ao outro, como futuras compradoras ou como se, apesar de tudo, estivéssemos no vazio da História, num museu.

O apartamento foi saqueado em agosto de 1944, alguns dias depois da partida da família. Nada tinha sobrado.

Remobiliá-lo de modo idêntico exigiu pesquisas minuciosas, me explicou Teresien: foi preciso estudar as raras fotos pertencentes aos Frank, interrogar antigos vizinhos, amigos, que se lembravam de uma mesa, de um tapete.

Teresien se gaba da tenacidade de sua equipe: esse abajur, por exemplo, no quarto de Anne Frank. Está refletido no espelho, nessa foto da jovem sentada em sua escrivaninha. Examinamos com lupa, aumentamos a imagem e a mostramos nos antiquários.

Para o papel de parede, foi mais simples: na época, os locatários trocavam quando se mudavam. Quatro famílias se sucederam depois dos Frank. As camadas de papel de parede foram descoladas, uma a uma, depois, uma vez a estampa certa encontrada, uma amostra foi escaneada e impressa.

Temos diante dos olhos o que *ela* via, quando escrevia, conclui orgulhosamente Teresien.

Esse ardor de reconstituição me deixa desconfortável. Tudo aqui se quer mais verdadeiro que o verdadeiro, contudo tudo é falso, salvo a ausência. Ela oprime, é um zumbido obsessivo, estridente.

O apartamento dos Frank é o cenário de um drama sem atores, um museu sem visitantes. A filósofa Sybille Krämer escreve: "No vazio que deixa aparecer um rastro [...] se pode ver que alguém ou alguma coisa se passou. A presença do traço testemunha a ausência do que o formou. Os traços não mostram o que é ausente, mas, antes, a ausência em si."

Tudo no quarto de Anne parece em suspenso, interrompido, mesmo o menor dos objetos parece esperar seu retorno. A cama estreita com os lençóis cuidadosamente esticados. As gavetas entreabertas de uma cômoda. A madeira escura de uma escrivaninha sobre a qual foram dispostas folhas virgens, cadernos nos quais ninguém escreverá. Seu quarto de adolescente sente a falta de Anne Frank.

Teresien me convida a segui-la ao segundo andar, tomamos uma escada estreita. O escritor em residência vive aqui.

Em 1933, o cômodo era sublocado e quem ali vivia compartilhava com os Frank a cozinha e o banheiro, era usual.

Uma porta de vidro se abre sobre um teto plano, com o solo coberto de cascalho. Uma espécie de terraço no qual Anne e Margot instalam uma espreguiçadeira, num dia de verão de 1941. Na parede, duas imagens são prova disso.

Foi o pai delas que as fotografou? A doce Margot tem quatorze anos; fecha os olhos, ofuscada pelo sol, de biquíni com bolinhas vermelhas, seus cabelos médios e castanhos estão presos com uma presilha, os joelhos voltados para dentro, parece ter pressa de acabar.

Anne, por sua vez, faz pose com entusiasmo. Completamente estendida sobre a espreguiçadeira, vestida de uma camisa com mangas curtas e um short xadrez, sorri. Segura entre as mãos um chapéu de palha de adulto grande demais para ela. Se a fotografia é uma imagem permanente, essa imortalizou o esplendor de uma alegria de verão.

Como estão sempre prontas para surgir, essas alegrias fugazes, quando se tem doze anos. A gente dá risada escutando uma piada estúpida no rádio, zomba das sobrancelhas franzidas de um professor que nos repreende, se coça de impaciência com a ideia de encontrar uma amiga à tarde.

Como nos abraçam, essas alegrias banais de um último verão. O verão durante o qual Otto Frank começa a planejar a fuga.

Quando a fé trágica que Otto Frank colocou em seu país de adoção lhe parece enfim um erro?

Os Países Baixos não se contentam apenas em obedecer às ordens do ocupante, mas participam ativamente da implementação de medidas antijudaicas.

A partir do mês de setembro de 1940, os nazistas excluem os judeus da função pública e proíbem o exercício de profissões liberais: é preciso "desjudaizar" a economia.

Em 1941, para evitar a expropriação, Otto cede oficialmente a direção de sua empresa ao marido de sua secretária, Jan Gies, e a seu amigo Johannes Kleiman. Na realidade, Frank continua a tomar as decisões importantes.

Vai todo dia a pé ao trabalho, não sendo mais autorizado a tomar o transporte. Mas, percorrer Amsterdã é arriscado: em fevereiro de 1941, a polícia alemã prende quatrocentos homens judeus, a prisão em massa é de uma brutalidade extrema. Dentre eles, há amigos de Otto Frank.

Em janeiro de 1942, é forçado a costurar uma estrela amarela no avesso de seu casaco. Quatro letras maiúsculas lhe designam como alvo: JOOD. A estrela é obrigatória e paga: custa um cupom de roupas, ao qual se deve adicionar quatro centavos.

Otto Frank sabe: é preciso partir em breve. Mas para onde ir?

O Otto Frank que Teresien me descreve é um homem de decisões extraordinárias. No entanto, sua vida não o preparou para as mudanças radicais: foi criado em um meio confortável, tinha ultrapassado os quarenta quando os nazistas tomaram o poder na Alemanha.

Imagina e organiza uma sobrevivência possível: ao invés de se afastarem do perigo, vão se esconder em família em pleno coração da cidade que os persegue.

Essa escolha, me diz Teresien, foi assunto de controvérsias; alguns historiadores dizem que ele deveria ter consentido se separar de suas filhas: em outro lugar, teriam talvez sobrevivido. De tanto tentar protegê-las, condenou-as à morte.

Esses "ele deveria ter, não deveria ter" exasperam Teresien. Na cozinha dos Frank, onde tomamos um chá, ela se desfaz de seu tom afável de pesquisadora: e para onde teria enviado suas filhas? Quem o conhecia, esse emigrado alemão, esse citadino, no interior? Algumas famílias holandesas aceitam esconder clandestinos em galinheiros expostos ao frio, ou em cabanas construídas às pressas na floresta, mediante pagamento. Era uma ocasião para ganharem dinheiro.

Anne e Margot teriam se encontrado completamente dependentes de desconhecidos, presas fáceis, presas sexuais também... Otto Frank fez o que pôde, como pôde.

Durante meses, redige listas: não precisará faltar nada quando a família se instalar nos cômodos desocupados, em cima dos escritórios do Opekta. Precisa pensar nas panelas, lençóis, sabão, fósforos, velas, comprimidos de aspirina e xarope para a tosse. Deve levar os livros didáticos das filhas, dicionários, para lhes dar aulas? Quantos meses isso vai durar? Um outono? Mais tempo? É preciso prever roupas de inverno?

Toda manhã, Otto deixa o apartamento de Merwedeplein com uma panela ou toalhas de banho, escondidas numa sacola; toda manhã, arrisca ser detido pelos nazistas que percorrem Amsterdã. O apartamento que Otto esvazia pouco a pouco é o último espaço de luz antes do desvanecimento e do silêncio.

Teresien me acompanha até a porta da frente, não chove mais. Sorri, se desculpa de não poder consagrar mais tempo, tem tanta coisa para fazer no Museu. Então, me intrometo nesse sorriso, lhe pergunto: depois de passar trinta e sete anos perto da família Frank, Teresien teria encontrado afinidades com um entre eles em particular?

Margot é quem a comove. Ela está ali, no segundo plano da História, uma figurante discreta. Ninguém vem ao Museu por ela. Também mantinha um diário. Talvez, quem sabe, a gente o encontrará um dia...

Nós nos despedimos, me viro uma última vez para o imóvel, as janelas do apartamento estão entreabertas.

Essas janelas, para os Frank, antes do 6 de julho de 1942, não são nada além de vidros banais. Janelas que abrimos totalmente, cada manhã, sobre um quotidiano de odores misturados: asfalto quente, pão tostado, gasolina. Janelas que fechamos para evitar uma corrente de ar. Temos saudade da brisa quando estamos reclusos durante vinte e cinco meses, guardamos a lembrança? Era um sopro, um murmúrio flutuante?

Não tendo anotado nada durante a visita, em um café, me empenho em fazê-lo, tenho medo de esquecer o essencial. Talvez seja a apreensão da noite por vir.

Como julgamos o que é essencial? Ele se anuncia ou precisamos desmascará-lo? E se o essencial estiver para todo o lado, no apartamento de Merwedeplein? No menor canto de silêncio, no seio de cada parcela de vida, onde eles não mais estão.

Essa palavra, hoje, pertence aos publicitários, é um slogan de revista: "o essencial" da moda primavera-verão.

Mas para Anne Frank, qual sentido tem essa palavra, quando, em 5 de julho de 1942, seus pais lhe anunciam que Margot recebeu a temida convocação? É preciso ir embora, desde a manhã seguinte: só poderá levar o essencial.

Podemos, aos treze anos, fazer o tour de nossa curta existência em menos de uma tarde, classificá-la em duas colunas, essencial e não essencial? Podemos, aos treze anos, organizar nossa vida como fazemos uma subtração: apagamos o "não essencial", um jogo, um livro, um suéter, um gato, Moortje, ao qual Anne Frank era tão ligada.

Ela pega, de maneira desordenada, *rolos de cabelo, lenços, livros didáticos, um pente, cartas velhas.*

Se ignoro quais foram as hesitações de Anne Frank, sei, sabemos, que escolhe levar o caderno encapado por um tecido quadriculado vermelho e branco e ornado de um pequeno cadeado prateado, recebido de seu pai, no qual escreve:

Isso foi um choque horrível, uma convocação para Margot, todo mundo sabe o que isso quer dizer, os campos de concentração e as celas de isolamento me vêm à cabeça.

Domingo, dia 6 de julho de 1942, às 7h30, uma garota de treze anos atravessa a cidade acinzentada pela chuva. Uma fora da lei, em fuga, com o coração atingido por uma estrela amarela, seu corpo frágil envolto pelas camadas de roupa, o suficiente para suportar um outono, um inverno e quantas estações mais.

Vestia um macacão, duas camisas, duas calcinhas, um vestido e uma saia, um colete de lã e um casaco, chovia muito então coloquei um lenço e minha mãe e eu pegamos cada uma uma sacola sob o braço.

São 20 horas, o Museu fechou suas portas. O diretor me recebe na entrada, abre caminho para mim e abandono o dia.

Esperava atravessar um prédio velho, mas passamos por salas de paredes imaculadas, às do Museu contemporâneo, construído no fim dos anos 1990. Ronald Leopold comenta os documentos históricos que estão expostos, nada recordo dessa visita acelerada. Se ler o *Diário* é entrar "com ela" no Anexo, no dia 6 de julho de 1942, o Museu, em si, volta no tempo. Prepara o visitante para o Anexo, por etapas: a iluminação moderna dos primeiros cômodos se enfraquece, as pinturas acetinadas dão lugar às fissuras das paredes com painéis de madeira.

Uma seta aponta para uma exposição temporária, consagrada às fotos coladas na parede do quarto de Anne Frank. Anoto na agenda do meu telefone — Ir ver a exposição —, um reflexo. Ronald Leopold se diverte: certamente encontrarei um momento na minha agenda cheia, esta noite, para ir vê-la.

Uma escada abrupta leva aos escritórios onde trabalhavam os empregados da Opekta que *sabiam*: o diretor utiliza a palavra "benfeitores".

Miep e Jan Gies, Bep Voskuijl, Johannes Kleiman, Victor Kugler. Como chamá-los? Resistentes? Amigos? Justos? Idealistas? Inconscientes?

Se velavam pela sobrevivência material, eram também *essenciais* para a moral dos clandestinos. Toda quarta-feira, Victor Kugler, o braço direito de Otto, levava para Anne Frank suas revistas de cinema preferidas. Bep tinha se matriculado num curso de latim, na verdade quem estudava era Margot. Bep e Miep davam às irmãs Frank trabalhos de secretaria para mantê-las ocupadas. Jan e Miep pegavam livros na biblioteca para elas.

Toda manhã, Miep subia ao Anexo, perguntava quais compras fazer. Em sua autobiografia, conta a impaciência de Anne Frank, que se precipitava assim que escutava a porta se abrir: então Miep, quais as novidades? O que está acontecendo lá fora?

Devia lhe contar tudo, até mesmo aquilo que os adultos não queriam escutar: as prisões em massa, detenções, desaparecimentos, deportações.

"Não poderemos dizer que não sabíamos": essa frase é um slogan que o fluxo de informação que nos submerge tornou obsoleto. Sabemos. Vimos as imagens de todos os massacres, assistimos a todos os conflitos, como a um espetáculo.

Não poderemos dizer que não sabíamos, poderemos dizer que não sabíamos o que fazer do que sabíamos. Podemos falar da impotência que nos segura, que nos esmaga, quanto mais sabemos, menos podemos. Aquilo que testemunhamos é equivalente a uma pergunta que nos seria endereçada. Podemos escolher ignorá-la.

Não fiz nada, clamam as crianças quando acusadas injustamente. Eu não fiz nada, sabem os adultos que continuam como se nada estivesse acontecendo.

Miep, Jan, Bep, Johannes e Victor sabiam dos decretos que atacavam os judeus, viam cotidianamente, nas ruas de Amsterdã, se perpetuarem atos de antissemitismo.

Teria sido fácil continuar como se nada estivesse acontecendo: nenhum deles era judeu. Tinham todas as razões do mundo para continuar como se nada estivesse acontecendo: ajudar os judeus era passível de prisão, no mínimo. Quando lhes perguntaram, depois da guerra, a razão de terem se engajado, explicaram pela negativa: não poderiam não fazer o que fizeram.

Miep Gies odiava que falassem dela como uma heroína, ela não tinha nada de extraordinário, dizia. Otto Frank a tinha empregado como secretária. Se mostrava muito respeitoso com seu trabalho. Era sempre bem acolhida na casa dos Frank, a convidavam com frequência para jantar no apartamento de Merwedeplein, gostava muito de Anne e Margot.

Nas primeiras medidas antijudaicas, tinha esperado que os Frank conseguissem fugir.

Na manhã em que viu, costurada no sobretudo de Otto Frank, uma estrela amarela, ficou chocada que ele a cumprimentasse e se instalasse em seu escritório como se não fosse nada.

Algumas semanas depois, contou-lhe seu plano secreto. Essa confiança também chocou Miep.

Os que entravam na clandestinidade eram cortados do estado civil, não tinham então mais acesso aos cupons atribuídos sob apresentação de um documento de identidade. A família precisaria de Miep para se alimentar. Otto tinha insistido para que ela refletisse antes de lhe responder. Miep nem imaginou recusar, tampouco seu marido.

Se tinha medo? Constantemente. Medo de ficar doente e não mais poder atender às necessidades dos clandestinos, medo de levantar suspeitas dos empregados que, na empresa, não sabiam. Medo, todos os dias, de não encontrar algo para comer e de ser denunciada pelos comerciantes suspeitos pela quantidade de compras. Medo do que aconteceria se fosse presa. E medo, se os nazistas a torturassem, de não suportar a dor, de contar tudo.

Nenhum dos protetores gostava que exaltassem a coragem deles. Talvez tivessem razão: a coragem é uma decisão que se manifesta diante do perigo, em um momento preciso. A coragem deles se conta no plural; são coragens, uma vastidão de coragens, de cada manhã e toda noite, durante dois anos, a cada vez que empurravam a porta do esconderijo.

Tem uma loucura na história do Anexo, uma louca inconsciência. Essa bela inconsciência dos protetores que arriscavam a própria vida pela família Frank.

Mas também a inconsciência, bela e louca, de Otto Frank, no momento em que decide colocar sua fé na solidariedade de Miep Gies.

Essas belas e loucas inconsciências devolvem a cortesia, se praticam e respondem a si mesmas: apenas uma semana depois de se instalarem no Anexo apertado, Otto e Edith acolhem Hermann van Peels, sua mulher Augusta, e Peter, de quinze anos. Hermann é funcionário de Otto desde 1939.

Quatro meses mais tarde, as prisões em massa antijudaicas se intensificam: protetores e clandestinos escolhem juntos acolher uma oitava pessoa, "o perigo não é menor para sete do que para oito", diz Otto. Fritz Pfeffer, um dentista judeu alemão, amigo dos Frank, se junta a eles: fugiu da Alemanha depois da Noite de Cristal.

É parecida com um reflexo, a inconsciência, que remete à generosidade. Talvez seja "o essencial" dessa história.

A noite atropela o tempo, parece que faz quilômetros que ando atrás do diretor. As escadas dão em estreitos e longos corredores, que, por sua vez, dão em uma outra escada.

Eu a espero, a vi tantas vezes em fotos, essa biblioteca giratória que dissimula a entrada do Anexo. No fundo de um último corredor, ali está: cheia de dossiês acumulados, essa ilusão de biblioteca atrás da qual um livro, uma obra, se escreve. No chão, marcas recentes impõem guardar um metro de distância entre cada visitante.

Alguns degraus desiguais levam a um outro quarto estreito, o de Margot e seus pais. O diretor escolheu instalar minha cama dobrável aqui. Pensou que o quarto de Anne, bem ao lado, seria um pouco, enfim... É muito *habitado*, acrescenta, antes de desaparecer.

Desembalo minhas coisas. O notebook, uma caderneta e um caderno — meu diário íntimo —, um carregador, uma garrafa térmica, uma camiseta, uma escova de dentes e um tubo de pasta, protetores de ouvido Quies (mas quem poderia me incomodar aqui?) e a cartela de Lexomil, recomendada pela minha mãe. Hesito, no meu quarto de hotel, a pegar um pijama. Isso me pareceu revelar o teatro: sei que não vou dormir aqui. Ou muito pouco.

Organizo minha noite. Traço grandes colunas na minha caderneta, divido o tempo em faixas de horário. Listo o que fazer como um turista, circulo, no mapa do Museu, os documentos imprescindíveis, as salas a serem visitadas. Prevejo descansar uma hora. Pensei em tudo, exceto pela temperatura, glacial. Me odeio por não ter trazido um suéter, todo mundo sabe que os museus são mantidos em baixa temperatura para proteger as obras expostas. Mas aqui, o que se protege? O Anexo é o museu mais vazio do mundo, apenas os retratos emoldurados de Edith, Otto e Margot diante de mim, e um mapa da costa da Normandia, marcado com pontos coloridos: Otto acompanhava o avanço dos Aliados.

Da cama dobrável em que estou sentada, na penumbra, distingo um estreito retângulo de papel de parede, protegido por uma moldura. Essa moldura, de longe, parece vazia.

"Frequentemente, para compreender, é preciso olhar bem no centro do vazio." Essa frase de Antonioni é citada em *A Paz com os mortos*, de Rithy Panh e Christophe Bataille. Eu a copiei em minha caderneta alguns dias antes de entrar na noite.

Me aproximo do papel de parede emoldurado e, bem no centro do vazio, vejo apenas alguns números e linhas finas, bem estreitas. Bem no centro do vazio, um pai inscreve, todo mês, de lápis, provas de vida. Otto Frank anota aqui, em dois anos, que Margot cresceu um centímetro e Anne, treze.

Em seu retorno de Auschwitz, sozinho no Anexo vazio, Otto Frank passará horas ali: arrancará com precaução esse retângulo de papel de parede. Não pode perder isso também. A única coisa que lhe resta são esses traços de lápis, de um cinza claro, que dizem que neste lugar, privado de sol, da primavera e do vento, a vida roubou alguns centímetros da sombra.

O eco dos sinos, do carrilhão da igreja Westerkerk, vibra em uníssono com o sopro leve do ar-condicionado. São 22 horas. Faz alguns instantes que uma mulher encarregada da segurança bateu na porta: vem trazer um walkie-talkie e me ensinar a utilizá-lo.

Se saio do quarto, preciso pegá-lo e meu telefone também: o Anexo é um labirinto para quem não o conhece. Mas não se preocupe: câmeras de segurança estão presentes em todos os cômodos. Gladys vai saber me achar se eu me perder.

Essas paredes com as janelas fechadas e opacas são o cenário de uma escrita, um cenário tão protetor quanto esmagador. O lugar de um nascimento, ao mesmo tempo que um calabouço, uma armadilha.

As paredes são testemunhas de um "conjunto de contradições", escreve Anne Frank na última página de seu Diário. Aquelas de uma adolescente e, também, de uma escritora diante de suas páginas. Dúvidas, questionamentos, *o melhor e o mais severo dos meus juízes aqui, sou eu, sou quem sabe o que está bem ou mal escrito.*

A jovem não se poupa: em seu conto "A vida de Cady", *tem muitas coisas boas, mas o conjunto é ruim,* anota.

Uma noite de julho, Miep entra inesperadamente no quarto de Anne, que encontra debruçada sobre seu caderno. "As sobrancelhas franzidas como se estivesse com uma terrível enxaqueca, me encarou com um olhar sombrio, hostil. A jovem que escrevia na mesa não era a que eu conhecia", conta Miep em sua autobiografia.

Na esgrima, o "engajamento" designa o fato de tocar a lâmina de seu parceiro.

Escrever é o engajamento de brandir uma espada. Nos engajamos na escrita como em um exército imaginário, no qual seremos ao mesmo tempo general e aspirante a soldado.

Reler toda manhã o que escrevemos no dia anterior é como a prática quotidiana da barra por uma dançarina diante do espelho: um exercício de humildade. Seu texto é impiedoso, é um reflexo seu, desengonçado, manco, desordenado. Mas ficar triste não é prova de rigor, é orgulho ferido: nos decepcionamos, acreditávamos ser mais brilhantes. Reler-se sem autoindulgência exige talvez "abrir mão de si mesmo", como escreve Foucault: o texto é mais importante que sua autora.

Por que preferir a solidão da escrita, por que consagrar tanto tempo a vidas irreais, mas verdadeiras, a criaturas nem mortas, nem vivas?

Escrever não é uma escolha: é uma confissão de impotência. Escrevemos porque não conhecemos outra forma de capturar a realidade. Viver, sem a escrita, não me convém, como uma roupa larga demais na qual sou engolida. Às vezes é preciso encolher o espaço para escutar seu eco.

Por que escrevemos? Talvez seja possível responder pela negativa: não escrever deixa as fraturas em carne viva, então escrevemos.

Em *O Muro Invisível*, romance de Marlen Haushofer, uma mulher passa alguns dias de férias em um chalé, na montanha. Ao acordar, descobre que uma catástrofe, cuja causa desconhece, aconteceu durante a noite: um muro invisível caiu, separando-a do resto do mundo, no qual nada sobreviveu.

O romance toma a forma de um diário que começa assim: "Não escrevo pelo simples prazer de escrever. Me obrigar a escrever me parece ser a única maneira de não perder a cabeça. Estou sozinha aqui e não tenho ninguém que possa pensar no meu lugar ou tomar conta de mim. [...] Iniciei essa tarefa para me impedir de encarar com os olhos bem abertos o crepúsculo e de ter medo."

Mesmo se apresentando como uma narrativa de ficção científica, não tem nada, em *O Muro Invisível*, que não conheçamos. Conhecemos a solidão, conhecemos nossas tentativas de enfrentá-la.

A gente vai construir casas, dar à luz um jardim, filhos, aprender novas palavras em línguas estrangeiras, escalar montanhas, surfar nas ondas, aprender a dançar e fazer bolos, se despir, roçar no amor. Alguns vão ao encontro da vida, se apoderam dela, outros observam: eles escrevem.

Que estranha maneira de estar no mundo, se retirando para um lugar de observação. A gente participa da vida de perto o suficiente para captar suas nuances, mas guardando distância do tumulto e das certezas, para que não ofusquem a página branca. Sempre podemos traçar planos e agir como se soubéssemos para onde vamos, mas a escrita é um caminho sem destino, a escrita tem a beleza assustadora do que não leva a lugar nenhum, e isso durante meses, às vezes.

Que gesto apátrida esse de escrever, uma fuga sem ancoradouro, rumo a terras desconhecidas. Meus romances me levam para passear e me passam a perna. Creio avançar. Ao cabo de várias semanas de escrita, não sei mais nada além disso: minha estrada é um impasse. A narrativa foge de mim, espera, em outro lugar.

Não consigo evitar essa desorientação. Consentir em me perder é uma das etapas da escrita. Consentir em perder, também. Admitir que fui vencida, agredida. Aceitar abandonar toda tentativa de dominação sobre a escrita, tudo o que eu considerava uma certeza. Será necessário avançar na escuridão, tateando, tropeçar nas palavras que empacam, nos parágrafos ariscos; a língua não é um objeto inerte que se captura e que se dobra à nossa vontade. É ela que nos transforma, seja lendo, seja escrevendo.

Ela retém o que vacila no esquecimento, paisagens, silhuetas, retém a nós mesmos, nos alcança quando achamos não mais acreditar, as palavras estão ali, tangíveis, vivas. Por que escrevemos? Mesmo se esqueci como termina o romance *Confissões de uma gangue de garotas*, de Joyce Carol Oates, essas poucas linhas, sei de cor:

"O que quer que faça, que o faça sozinha ou não, a qualquer momento que o faça, de qualquer maneira que o faça, por qualquer razão que o faça, ainda que seja misteriosa a razão pela qual o faz, nunca esqueça que do outro lado da balança há sempre o nada, a morte, o esquecimento. Que é você contra o esquecimento."

Passei minha infância na Romênia de Ceaușescu.

Na minha chegada a Paris, quando tinha doze anos, mesmo se a ascensão de Nadia Comaneci tinha posto o país em destaque, para os jovens franceses que encontrava, os países comunistas continuavam a ser um "bloco" monolítico, triste, acinzentado e sem nuances, um mundo de ficção. Aquele dos filmes em que os espiões e as prostitutas vinham reiteradamente de um "país do Leste".

As palavras que utilizávamos não tinham o mesmo sentido.

Para os alunos da minha sala de quinto ano, um passaporte era sinônimo de alegria, de férias no exterior. Os romenos, por sua vez, pronunciavam essa palavra em voz baixa; tinha a sedução perigosa de um segredo. *Pașaportul.* Ninguém tinha porque ninguém podia sair do país, exceto alguns raros privilegiados.

Para os jovens franceses, fazer as compras no Monoprix era uma chatice. Para mim, era uma festa, explorava todas as prateleiras, impressionada pela abundância de produtos e pela beleza deles, até as embalagens eram coloridas.

Os alunos do colégio se irritavam com os anúncios no cinema, eu não tinha coragem de lhes dizer que era apaixonada por esse mundo vaporoso onde garotas menstruavam em azul e sem odor, onde mulheres com os olhos quase fechados se deliciavam com um iogurte em câmera lenta.

Para eles, “ser grampeado” era uma fala de filme de espionagem, para mim, era uma lembrança: quando a gente atendia o telefone, em Bucareste, um estranho chiado era a prova de uma presença na linha, já me aconteceu, até mesmo, de escutar agentes fazendo piada entre eles. Os alunos da minha sala davam risada, espantados, irônicos: meus pais foram grampeados? Eu era uma mentirosa!

Desistia de lhes explicar o quotidiano paranoico dos romenos, sob Ceaușescu. Um mundo no qual nunca se sabia quem era aliado, informante, ou os dois ao mesmo tempo.

Na falta de amizades, comecei a escrever o que não conseguia compartilhar. Minhas anedotas, qualificadas de *absurdas*, as transformava em ficção. Certa manhã, um colega de classe viu uma folha datilografada no meu caderno de textos. Uma história? Podia ler? No recreio, vem me procurar, tem uma continuação?

A porta tinha se entreaberto.

Todos os dias, depois da aula, trabalhava na “continuação”. A continuação da história de oficiais franceses que imaginavam que meus pais, simples professores de literatura, eram espiões a serviço dos romenos.

A continuação da história de Irina que tinha fugido, ultrapassado a fronteira escondida no porta-malas do carro de um diplomata.

A continuação da história de um amigo do meu pai, um poeta preso nos anos 1960 por “subversão”, que, toda manhã sem exceção, os guardas tinham feito acreditar que seria executado.

A história de Maria Vecerdea, minha avó do coração, que eu sabia, ao deixar a Romênia, que nunca mais veria.

Talvez, às vezes, comecemos a escrever para dar continuidade àquilo que perdemos, para inventar uma continuidade ao que já não é mais. Para dizer, como o pequeno ponto vermelho num mapa, que estamos *aqui*, vivos. Se a memória se desvanece, as palavras continuam intactas, são nossa geografia do tempo.

Meus colegas de classe tinham razão: escrever é uma mistura de *absurdos*, na periferia do real, longe da verdade, pois ela não existe. E esses preciosos *absurdos* nos conectam uns aos outros, escritores e leitores, como um juramento, um contrato do qual só respeitaríamos um termo: acreditaremos um no outro.

Somos os filhos dos romances que amamos, eles se instalam no vazio de nossas penas, de nossas faltas, contêm tudo que se esquiva de nós, que acontece sem que possamos compreender, somos feitos de histórias que não nos pertencem, elas nos irrigam e nos assombram, nós que "andamos na noite embaixo do que está escrito lá em cima, igualmente insensatos em nossos desejos, nossa alegria, nossa aflição" (Diderot).

Escrever um diário é um juramento e, também, um jogo de criança que não deixamos para trás. Um jogo cujas regras escolhemos: contar para nós mesmos a própria história, como a um outro.

Não fingiremos, revelaremos nosso lado escondido. Confessaremos tudo, ao mesmo tempo sujeito e objeto de escrita: escreveremos a nós mesmos como teimosos e coléricos, hesitantes e obstinados. Um novo si mesmo emerge, na medida em que escrevemos.

Manter um diário, regularmente ou esporadicamente, é um compromisso: dizer *eu* é afirmar sua singularidade.

O *eu* de Anne Frank reflete tudo que nos pertence e que ela perdeu: a luz do lado de fora, a brisa, o brilho do sol e a escuridão infinita daquilo que não se vê entre as estrelas. Contém um todo de pequenos nadas: a vida cotidiana no Anexo era também feita de jantares a serem preparados, de cafés a requentar, de livros com orelha nas páginas, de disputas e de lágrimas, e até mesmo, zombando da opacidade das janelas cobertas de feltro, de um cantinho minúsculo de sol, no sótão.

O *eu* de Anne Frank é viciante. Queremos mais, de novo. A gente segue esse pequeno *eu*, sujeito a tantas emoções contraditórias, que decreta não amar sua mãe e que chora por ser solitária. Um *eu* de um senso de humor maldoso, que não tem nenhum escrúpulo em acertar as contas com seu entorno. Um *eu* que sabe, aos quatorze anos, que a política não é um assunto para adultos, mas um intolerável quotidiano de criança.

Um *eu* que não tem tempo para fingir ser "como deve ser". É sem falso pudor que Anne Frank descreve minuciosamente seu sexo, a masturbação e suas crises de ansiedade.

Um *eu* que batalha, também, e que recusa os limites que tenta lhe impor o adulto com quem compartilha seu quarto: Fritz Pfeffer. Ele monopoliza a mesinha, ironiza: mas em que ela trabalha de tão importante, qual é essa "obra" a qual Anne consagra tanto tempo? Um manual de tricô, talvez? Ela o enfrenta, defende seu pequeno território, defende sua causa. Precisa dessas duas tardes por semana para escrever sem ser incomodada. O adulto se ofende, onde já se viu um egoísmo desses: precisa ceder seu lugar a uma criança que conta sua vida em um diário? Não pode ter mais coisas para dizer do que ele, todos estão morando no mesmo lugar, fechados, sem nada para viver.

Como se engana, o adulto.

A família é um microcosmos, nela reinam os mesmos conflitos e desejos de poder que em toda a sociedade.

Dizem das mulheres que escrevem a própria experiência de vida que elas "se" contam, que a narrativa delas é "pessoal". O diário íntimo de um homem, em contrapartida, parece conter verdades universais. Se unir à narrativa do mundo foi, por muito tempo, um privilégio daqueles que podiam percorrê-lo, essas «histórias de grandes viajantes". Para as mulheres, deixavam a observação dos sentimentos, lhes concediam um saber sobre o íntimo, do interior, seja doméstico ou sexual.

O mundo de Anne Frank se expande tão longe quanto possível, investiga assuntos do coração, se aventura à beira dos precipícios. Joga com o enclausuramento, seu *eu* esbarra no cenário. A jovem valsa furiosamente entre as injunções: impossível ter a mesma vida que sua mãe e *todas essas mulheres que fazem o trabalho delas e depois esquecemos*. Joga com as identidades, imigrada alemã e fervorosamente holandesa. Mal formula uma afirmação, já rabisca com um *por que*, mal diz *eu*, já fala de nós, mal tem doze anos, já tem quinze, mal é uma adolescente, já não viverá tempo o suficiente para ser uma mulher.

Dormirá mais tarde, tem muito o que estudar, essa faminta que lê desordenadamente a vida de Galilée, a biografia de Charles Quint, a guerra dos Sete anos, a de nove, as revistas consagradas às estrelas do cinema, as genealogias das famílias reais europeias, a história da arte de Anton Springer, romances para a juventude, a história de Teseu, a de Édipo, de Orfeu. Tem muito o que compreender, também, sobre esse mundo lá fora que proíbe que exista, que faz de seu futuro um nada. De que Anne Frank não fala?

Logo serão 23 horas, ainda não saí do quarto do casal Frank e da filha mais velha deles. Sentada na cama dobrável, releio minhas anotações. Penso por um instante em enviar umas mensagens, a ligar para alguém. A perspectiva de responder às perguntas me faz mudar de ideia. Esses "Então? Como é estar aí?".

Porque eu teria de admitir que não sei nada. Não sei o que estar aqui faz comigo.

Para saber, preciso contar a experiência para mim, escrevê-la. O presente que não escrevo flutua, um rascunho sem contorno. É escrevendo o que vivo que compreendo o que vivo.

Desde que comecei esse projeto, chamaram minha atenção três vezes: o diretor do Museu mencionou, no nosso primeiro encontro, aquilo que a história de Anne Frank devora. Laureen Nussbaum me alertou: não devemos nos contentar de ler, no *Diário*, apenas o que nos convém. A vigia do Anexo, por sua vez, me advertiu que nos perdíamos facilmente nele.

Os criadores de labirintos aconselham, para sair deles, a evitar o centro.

"O centro não é um ponto. / Senão seria fácil alcançá-lo. / Não é nem sequer a redução de um ponto ao infinito. / O centro é uma ausência / de ponto, de infinito e mesmo da ausência / e só chegamos nele pela ausência.", escreve Roberto Juarroz na sua coletânea *Poesias verticais*.

Seria esse quarto de menina — um cantinho —, que atrai milhares de visitantes, o centro do Museu, o centro de sua história, ou é preciso sempre voltar às palavras?

O caderno xadrez vermelho e branco está aqui, perto de mim, em uma sala do Museu contemporâneo, protegido por uma urna de vidro e por vários sistemas de segurança ultrassofisticados.

Somente Teresien da Silva é autorizada a tocá-lo, com luvas nas mãos e na presença de várias pessoas, entre elas o historiador David Barnouw, do Institute for War, Holocaust and Genocide Studies.

A quem pertence as preciosas palavras de Anne Frank?

Em 4 de agosto de 1944, a Gestapo invade o Anexo para saqueá-lo: folhas voando, cadernos espalhados no chão.

Do dia seguinte em diante, Miep Gies se apressa em recuperá-los, sabe a importância do diário para a jovem, a viu escrevendo todos os dias. Guarda no fundo de sua gaveta: entregará para ela na sua volta.

Em sua autobiografia, Miep confessa que, se tivesse aberto um desses cadernos, os teria queimado, tamanho era o perigo em que os colocavam: seu nome, como o de outros benfeitores, estavam nele.

No verão de 1945, Otto Frank recebe a carta que confirma a morte de suas duas filhas. Miep se resigna a entregar os escritos de Anne Frank a seu pai.

"Aqui está o que sua filha deixou para você."

Durante meses, não consegue se decidir a lê-los. Ele que jurou a Anne que nunca abriria seu caderno sem que ela autorizasse. Seria traí-la, fazê-lo, ou seria a tarefa da qual foi incumbido?

Quando finalmente decide mergulhar no diário, cada frase o perturba, a voz de sua filha cava ainda mais fundo o vazio de sua ausência. Lê trechos para Miep, para os pais de Laureen Nussbaum, só fala dela e isso no presente: *vocês sabem o que Anne fala, o que Anne pensa?*

Todos os domingos, se reúne com outros deportados: mesmo se permanecem calados sobre o que sofreram, trocam as poucas informações que têm. Todos procuram pessoas próximas que não sabem se sobreviveram.

Otto não tem mais ninguém com quem se preocupar. O que ele tem, e leva para todo lado consigo, são os cadernos de sua filha, essas palavras a serem transmitidas. Para que nunca mais existam histórias como essa.

Otto propõe ler um trecho aos sobreviventes. Um deles, envolvido pelo tom da autora, pede a Otto que lhe empreste o caderno. Otto hesita. Mas sabe: sua filha sonhava em ser lida.

Esse primeiro leitor, impressionado, conta para um amigo, professor de história, que, por sua vez, se entusiasma. Por que não enviar o texto a um editor? Ainda que Otto Frank se mostre reticente no início, escolhe, mais uma vez, ser fiel ao sonho de sua filha.

Mas como um editor poderia se achar nesse amálgama de páginas tão parecidas ao ponto de se confundirem, as duas versões do diário que Anne Frank repartiu em um caderno vermelho e branco, dois livros de contas, um livro de exercícios de química pertencente a Margot, mais de duzentas páginas espalhadas, sem falar das novelas e do caderno no qual a jovem copiava os trechos de suas leituras mais marcantes.

Se, para Teresien da Silva, Otto Frank é um homem de decisões extraordinárias, essa aqui é uma delas: o pai se dedica a continuar o trabalho da filha. Consagra todo seu tempo à tarefa, trabalha com minúcia, compara as versões, linha após linha. O que *ela* teria desejado? O que *ela* teria escolhido?

Otto Frank não *decidiu* as passagens a serem conservadas, deve fazer uma seleção, é diferente, diz Laureen Nussbaum durante nosso encontro. Não era um homem literário. Sua escolha é a prova: para reconstruir um texto linear, Otto Frank mistura as páginas do diário "bruto" àquelas que Anne retrabalhou.

Mas então o pai censurou a filha? Não, se irrita Laureen quando lhe perguntam, e muito menos alterou seu estilo. Foi a própria Anne que apagou trechos que julgava talvez pessoais demais, com a ideia de que não interessariam a seus futuros leitores.

Em 1947, uma pequena editora holandesa assume o compromisso de publicar o diário, sob a condição de que Otto Frank corte os trechos em que a jovem menciona sua sexualidade e menstruação sem ambiguidades.

Já os editores alemães escolhem reintegrá-los, mas exigem a remoção dos "parágrafos negativos" mencionando o antissemitismo nazista: tais páginas poderiam "ofender" os leitores.

Nenhuma edição, em nenhum país, menciona o trabalho de reescrita da própria Anne Frank. O *Diário* é apresentado como a obra espontânea de uma adolescente. A primeira edição americana escolhe colocar na capa a foto de uma Anne Frank de dez anos, ou seja, três anos antes que comece a escrever. A precocidade da autora se torna, desse modo, o principal argumento de venda.

Laureen Nussbaum é uma das primeiras acadêmicas a ter analisado o *Diário* enquanto obra literária. Um de seus artigos tem como título: "Is Anne Frank at least taken seriously as a writer?"[1]

Será que é afinal levada a sério como autora, essa que é o objeto da adoração de um culto?

A quem pertence Anne Frank, questiona Cynthia Ozick, em um artigo publicado pelo *The New Yorker* em 1997. A quem pertence esse *Diário*, cuja leitura se assemelha a um rito de passagem para milhões de adolescentes desde 1947? A seus leitores? Aos editores? A seu pai, graças a quem foi publicado?

Há tanto, mas tanto amor em torno dela: um amor louco, devorador, que autoriza os pretendentes a falarem por esta que dizem amar, mais forte que ela, em seu lugar.

Meyer Levin, em 1951, mora na França. O escritor americano foi correspondente de guerra, um dos primeiros a entrar no campo de Bergen-Belsen, na Liberação.

O *Diário*, que acaba de ser publicado em francês, o abala: é a voz que ele estava esperando, "que se levanta da vala comum", essa vala que viu com seus olhos.

---

[1] Anne Frank é ao menos levada à sério como escritora ? [N.T.]

Escreve imediatamente a Otto Frank, expressa sua emoção: é necessário levar as palavras de Anne Frank ainda mais longe. Por mais que o *Diário* tenha sido lido na França, nos Países Baixos e na Alemanha, continua conhecendo apenas um sucesso limitado. Esse texto extraordinário deveria ser traduzido nos Estados Unidos, deveria ser interpretado no teatro.

Provavelmente, Meyer Levin se mostra particularmente persuasivo: apesar de suas reservas, Otto Frank dá seu aval. Levin começa sua adaptação teatral.

Ele se dedica como se fosse uma missão. A todos que cruza, editores, jornalistas, escritores, conta encantado que foi "escolhido" pelo pai de Anne Frank. Seu ardor terminou por convencer uma editora americana: o *Diário* é publicado em junho de 1952, com uma tiragem modesta.

Bem rapidamente, os críticos literários louvam o talento da jovem. A editora lança uma segunda tiragem, depois uma terceira. O sucesso do livro atrai produtores de teatro e famosos dramaturgos, como Arthur Miller, Lillian Hellman ou Carson McCullers.

Levin, por sua vez, terminou uma primeira versão de sua adaptação que apresenta a Otto Frank: este o qualifica cautelosamente de "exato", mas prefere confiar na opinião da editora.

Ela rejeita o texto. Levin pestaneja, chama Otto Frank, implora que intervenha. Tinham um acordo, não é?

Otto Frank protesta, não prometeu nada, nada assinou com esse escritor americano que o persegue e assedia, esse homem se apegou a sua filha, a brande como se fosse uma causa, ao ponto de fazer dela uma razão de conflito. Isso lhe é insuportável. Que se virem, os editores, os produtores!

Seus próximos aconselham Levin a deixar para lá, mas não escuta mais ninguém, nem amigos, nem inimigos.

Consulta advogados: vai processar Otto Frank! Vai processar a produtora! Lutará por *ela*.

Ao redor de Otto Frank, as pessoas se preocupam, ele teve um severo mal-estar: que o deixem em paz. Se Levin se obstinar, acabará matando o pai de Anne...

No verão de 1953, o projeto resvala. Os autores se sucedem, a produtora foi substituída por um conhecido dos grandes sucessos da Broadway: Kermit Bloomgarden. Para ele, um bom espetáculo não deve nunca ser "desmoralizante".

Seu veredito não demora: a história de Anne Frank é "judia demais" e "triste demais" para a adesão do público americano. É preciso se dedicar a uma nova adaptação do *Diário*, algo de "mais leve". O casal de roteiristas que escolhe ostenta o CV adequado: são especialistas da comédia divertida, como *Easter parade* e *O pai da noiva*.

Prometem um espetáculo que incluirá "lindos momentos de comédia ressaltando uma situação trágica".

O diretor de teatro selecionado para a produção, Garson Kanin, é famoso por suas comédias de ritmo deslocado, tal como *Nascida ontem*.

Kanin concorda tanto com os roteiristas, quanto com o produtor: a peça não deve ser nem "judia demais", nem "triste demais".

Se Anne Frank não for mais judia, poderemos todos ser Anne Frank. O *Diário* deve e pode se tornar uma obra de alcance universal. Todos vão utilizá-lo.

Esse parágrafo, por exemplo, que Anne Frank escreve em 11 de abril de 1944, não pode ser conservado: *... nós somos judeus acorrentados... Quem nos impôs isso? Quem fez de nós, os judeus, uma exceção entre todos os povos? Quem nos fez tanto sofrer até aqui?*

Kanin tem certeza: "Sem esse apelo específico, incômodo, a peça poderá abrir suas asas ao infinito."

Será, então, suprimido e substituído por este aqui: "Nós não somos os únicos a ter suportado o sofrimento. Sempre houve povos oprimidos."

As poucas linhas que Anne Frank dedica à celebração do Hanukkah? Suprimidas. Nenhum alemão uniformizado aparecerá no palco. Afinal, o idílio entre Anne e Peter passa ao primeiro plano da narração, como em toda comédia em família de sucesso.

Levin fica sabendo dessas reescritas. Transformar o *Diário* em um texto sentimental! O passado não está longe, como ousam... Convencido de que terá ganho de causa, Levin persiste no aperfeiçoamento de "sua" versão.

O meio literário nova-iorquino lhe vira as costas, dizem que se tornou paranoico, depressivo, atormentado, assombrado, ridículo. Provavelmente é verdade. E, talvez, também tenha sido acometido do mal do sobrevivente, como escreve sua mulher, Tereska Torrès, na narrativa que destina a esse caso: *As casas assombradas de Meyer Levin.*

Talvez Levin esteja assombrado pelo que viu em Bergen-Belsen, "os cabelos de garotinhas mortas, todas as garotinhas, e os calçados de bebês mortos, e os mantos de oração e as tigelas deformadas, as camas de madeira e a palha podre na qual Anne Frank fechou seus olhos, deixando partir sua alma".

É preciso fazer alguma coisa, repete Levin a seus advogados, para que as palavras de Anne Frank, as *verdadeiras palavras,* sejam ditas no palco. Não serão.

Alguns dias antes da estreia, um jornalista do *New York Times* elogia "o espetáculo *em parte* baseado na história de oito judeus clandestinos. Mas, sobretudo, a história de uma jovem que se recusa a ser privada dessa aventura que é a adolescência."

Otto Frank não assiste à estreia. Nunca verá representação alguma.

Em uma entrevista, Kanin se gaba de sua peça "atravessada pela coragem, fé, esperança, fraternidade, amor e sacrifício de si".

Lê-se no *Herald Tribune* que "a peça tem o mérito de não provocar um ódio do nazismo e do que ele fez a milhões de inocentes. Ao invés disso, somos tocados, rimos, também não é uma história sombria!".

Uma história cuidadosamente expurgada do que poderia aborrecer, mas não o suficiente para que o departamento de Estado americano que, em 1956, renuncia a enviar o espetáculo ao Festival internacional de teatro de Paris, apesar de seu sucesso: oficiais franceses temem que um espetáculo "baseado na perseguição dos judeus comprometa as relações cordiais com a Alemanha".

A quem pertence Anne Frank? A seu pai, que admite, na sua leitura do *Diário* que não conhecia realmente sua filha? A Levin, submerso pelo desejo de fazer ouvir a voz da jovem ao ponto de falar mais alto que ela? Aos produtores da peça de teatro, que substituíram sua voz por uma outra, menos "triste" e mais "universal", recompensada pelo prêmio Pulitzer?

Em 1958, é a vez do cinema de se apoderar dela. Uma jovem modelo desconhecida de vinte anos com ares de Audrey Hepburn interpretará Anne. Millie Perkins nunca tinha atuado. Entrevistada em Cannes, se espanta de ter sido escolhida, havia, de todo modo, dez mil pretendentes. Tinha ouvido falar de Anne Frank antes da audição? Não muito, não, sussurra, abaixando lindamente os olhos, seus falsos cílios roçando a bochecha. Mas antes da gravação, leu a peça, claro. O *Diário*? pergunta o jornalista. Não, responde Millie Perkins, a peça de teatro.

O diretor de teatro George Stevens, ex-tenente-coronel do Army Signal Corps, filmou a liberação do campo de Dachau.

Talvez, seja por essa razão que considera importante contar a história até o fim: prevê encerrar o filme com a jovem em grande plano, vestida com roupas de deportada, na neblina de um campo de concentração.

Algumas semanas antes do lançamento, a 20th Century Fox organiza projeções-teste, na saída das quais o público se queixa de um fim "triste demais", a história é realmente "muito dura".

Os produtores pedem a Stevens para gravar um outro fim, seria melhor terminar com "uma nota de esperança", a fim de suscitar a "identificação dos espectadores".

A câmera percorre os rostos aterrorizados dos oitos clandestinos: vozes brutais se aproximam, a Gestapo veio prendê-los. Os alemães esmurram a porta do Anexo; "Otto Frank" se levanta e pega uma mochila de viagem que entrega para "Margot", depois pega uma outra que entrega a sua mulher, e uma última que confia a sua caçula. O pai se senta, como se tranquilizado, e com um tom sábio conclui, enquanto os nazistas aparecem e os cercam: "Nesses dois últimos anos, vivemos com medo, agora, podemos viver com esperança."

Corta.

O rosto estático de Millie Perkins-Anne Frank aparece em sobreposição em um vasto céu de nuvens suaves, atravessado por pássaros graciosos, ela sussurra:

"Ainda acredito na bondade inata dos homens."

THE END.

O trailer do filme promete: "Uma história nunca foi contada com tanto suspense antes desta adaptação do *Diário* de Anne Frank! Vemos a excitação de seu primeiro beijo! O deslumbre da juventude! O êxtase de seu primeiro amor! O milagre de seu riso!".

O filme, lançado em 1959, será recompensado por quatro Oscars e distribuído no mundo inteiro.

Ela triunfa, essa "Anne" da ficção, toda doçura e esperança, e manda Anne Frank de volta para as sombras de seu Anexo.

Se somos todos Anne Frank, não há mais Anne Frank.

Em *O Eu das Damas*, Philippe Lejeune, especialista da autobiografia e dos diários íntimos, diz o seguinte sobre as diaristas do século XIX: "Ensina-se às moças a resignação, elas esperam, ocupando os dias, entoando em cadernos o decorrer da pena, o diário é uma prisão na prisão, em fuga para o interior, uma garrafa jogada no mar."

A garrafa que Anne Frank jogou no mar, nós a recebemos. Nós a adoramos, perplexos que tenha chegado até nós. Ela nos é tão preciosa que nos preocupamos menos com o conteúdo da garrafa do que com a própria garrafa.

Nas semanas que antecedem minha viagem a Amsterdã, quando faço menção a esta narrativa porvir, uns amigos me pressionam para que não escreva uma narrativa "muito sombria" pois Anne Frank é "a própria vida". Alguns se lembram da história de amor nascente com Peter, outros de sua descrição feroz do dentista, de suas disputas com a mãe, e também de que reivindica o status de "paqueradora obstinada". Todos têm razão. O *Diário* é atravessado por amor, lágrimas, disputas por ninharias, que são zombarias ao horror. Anne Frank era engraçada, fútil, adolescente, apesar do *resto*. Esse resto que ela não pode escrever para nós.

A data de 1º de agosto fecha o *Diário*, e somos tentados a nos fechar com ela, sobre ela.

As sociedades se constituem sobre o que privilegiam como narrativa a ser transmitida. A citação mais famosa do *Diário*, escrita em 15 julho 1944, é a seguinte: *Ainda acredito na bondade inata dos homens.*

Essa frase é sucedida de algumas linhas que nunca citamos:

> *É impossível para mim construir tudo sobre uma base de morte, miséria e confusão, vejo como o mundo se transforma lentamente em um deserto, ouço mais alto, sempre mais alto, o estrondo do trovão que se aproxima e que vai nos matar, nós também, sinto o sofrimento de milhões de pessoas e, no entanto, quando olho para o céu, penso que tudo vai acabar se ajeitando, que essa crueldade terá um fim, que a calma e a paz voltarão a reinar no mundo.*

Os trechos dos textos escolhidos e ovacionados revelam o que desejamos guardar dele. Se é tão importante para nós que Anne Frank nos fale da "bondade inata dos homens", não é surpreendente que esse parágrafo, escrito em 3 de maio de 1944, não tenha ficado para a posteridade:

> *Não me farão acreditar que a guerra só é provocada pelos grandes homens, os governantes e os capitalistas, ah não, as pessoas comuns gostam de provocá-la, ao menos, na mesma medida, se não os povos teriam se revoltado contra ela há muito tempo! Existe, simplesmente, em todos os homens uma necessidade de destruir, uma necessidade de bater até a morte, de assassinar, de se embriagar de violência, e, enquanto a humanidade inteira, sem exce-*

ção, não terá sofrido uma grande metamorfose, a guerra assolará tudo o que foi construído, cultivado, tudo que se desenvolveu será fatiado e aniquilado, para recomeçar em seguida!

Que estranho humanismo hollywoodiano o nosso, nós que preferimos, sobretudo, nos lembrar da "bondade inata dos homens". Que cruel otimismo o nosso, esse que, em nome da "esperança", prefere esquecer isto, escrito sexta-feira, dia 26 de maio de 1944:

Se nós também, um dia... não, não tenho o direito de terminar essa frase, no entanto, não consigo esquecer essa pergunta hoje, ao contrário, esse medo que já vivi volta para mim em todo seu horror.

Se Anne não se dá o direito de terminar sua frase, talvez nós tenhamos o dever de fazê-lo.

Em 4 de agosto, a Gestapo penetra no Anexo.

Os Frank são retidos por quatro dias na Gestapo, que os transfere em seguida ao campo provisório de Westerbork.

As filhas de Otto Frank são designadas para uma tarefa penosa: devem desmontar baterias velhas. Trabalham dezesseis horas por dia.

Os Aliados chegaram na França, os alemães vão perder a guerra, surgem dúvidas se continuam a deportar judeus. Por que fariam isso?

Continuam a deportar judeus.

Na manhã do dia 3 de setembro de 1944, um único trem deixa Westerbork. É o último comboio para Auschwitz-

-Birkenau: mil e dezenove mulheres, homens e crianças, dentre os quais estão os oito ocupantes do Anexo, que os SS espremem nos vagões de gado, setenta vagões. Passarão três dias e duas noites ali, na escuridão, sem comer nem beber, sem lugar para as necessidades. Ninguém sabe para qual direção se dirige o trem, nem quanto tempo vai durar a viagem.

Em 5 de setembro, o trem para.

É preciso imaginar, mas não podemos imaginar os projetores ofuscantes, os cachorros gritando, os SS latindo, como imaginar o que é ser separado em alguns segundos de sua esposa, de seu marido, de seus filhos, a chicotadas e pancadas. Sabemos: os muito jovens, muito fracos e muito velhos são agrupados.

Em 6 de setembro, os nazistas enviam todos os menores de quinze anos para as câmaras de gás, assim como quinhentos e quarenta e nove adultos.

Os Frank, os Van Pels e Fritz Pfeffer são enviados aos trabalhos forçados.

Os SS lhes ordenam que fiquem nus, os raspam e os tatuam no braço esquerdo. Não têm mais nome, mas uma matrícula. Anne e Margot são colocadas em um alojamento reservado às prisioneiras com sarna. Entre os dias 20 e 28 de outubro, mais de seis mil pessoas, dentre os quais mil jovens de menos de dezoito anos, foram gaseificados em menos de duas horas depois da chegada

Em 28 de outubro, mas outros falam do 1º de novembro de 1944, Anne e Margot Frank são separadas da mãe. Nunca mais tornarão a vê-la.

São espremidos, mais uma vez, em um vagão de gado.

Nenhuma das mil e trezentas mulheres sabe que estão sendo transportadas para o campo alemão de Bergen-Belsen. Algumas morrem durante a viagem, que durará três dias e três noites.

Ao chegarem, precisam andar seis quilômetros.

O campo está superlotado, sem latrinas ou iluminação. Para todo lado, cadáveres empilhados, cobertos de neve, nus. Os vivos, são colocados em tendas abarrotadas. Anne e Margot Frank herdam o pior lugar: um beliche exposto ao vento glacial.

Os últimos dias das irmãs Frank são fruto de uma história fragmentada, aquela das deportadas que se lembram de terem cruzado com elas. Todas lembram da voz de Anne, a voz de Margot suplicando para que fechem a tenda, têm tanto frio. Todas dizem que escutaram elas morrerem, a voz delas ficando mais fraca.

Anne e Margot Frank com seus corpos esqueléticos, infestadas de sarna, impregnadas de piolhos, morrendo de fome, frio e tifo.

Margot é a primeira a sucumbir. Não se sabe a data exata da morte de Anne, registrada dia 31 de março de 1945.

Se sua curta vida foi documentada ao ponto da obsessão, sua morte a levou para o destino de todas as outras vítimas da Shoah: Anne Frank não tem sepultura. Seu corpo repousa em algum lugar em uma vala comum, como o de cinquenta mil mortos de Bergen-Belsen. Até 1999, não havia nenhuma lápide em sua memória.

Como ela é amada, essa jovem judia que não existe mais. A vítima da Shoah mais famosa do mundo. A vítima da Shoah cujo diário é o mais lido no mundo, mesmo se lhe falta um fim.

Talvez seja por isso que ela é tão amada. Se ela tivesse sobrevivido, sabemos o que teria contado, o que teria escrito: *Westerbork Auschwitz-Birkenau Bergen-Belsen.*

Talvez não tivéssemos tido tanta vontade de lê-la.

A última entrada de seu diário é pontuada por reticências, como tantos outros silêncios, esses de uma criança confinada, de uma "prisioneira em uma gaiola", lembra Cynthia Ozick.

"Se todos os homens são bons, Auschwitz não existiu."

Bruno Bettelheim, sobrevivente de Dachau e Buchenwald.

No dia seguinte à minha noite no Anexo, em 19 de agosto, Ronald Leopold quis me apresentar a Rosetta, conhecida como Ted, de noventa e cinco anos. Ela nos serve um chá, insiste para que eu coma um bolinho. Ted é uma sobrevivente, vivaz, ama a pintura, ama as flores e está entusiasmada com seu novo tablet, está contente de ir ver uma exposição em Paris, neste outono.

Tinha quinze anos quando foi presa. Foi deportada para Bergen-Belsen.

Com o rosto de perfil, fala como quem cumpre um dever. Não poderemos dizer que não sabíamos.

Com um gesto da mão, coloca as aspas na atmosfera.

"Em Bergen-Belsen, nossas condições de "vida"...".

E depois, se interrompe. Seria preciso novas palavras para dizer.

Ou então nenhuma.

Abandona as palavras que cedem lugar à respiração da velha senhora, uma respiração atropelada.

"As condições de... sobrevivência... no campo de Bergen--Belsen... eram..."
(Respira)

Algumas semanas mais tarde, me envia este email: "Eu poderia te contar mil vezes a inumanidade, o pesadelo que foi Bergen-Belsen, isso seria inútil. Você não conseguiria imaginar. Felizmente."

Não seria admitir a impotência da escrita admitir que não se pode imaginar, não se deve imaginar, como pretender imaginar. Esse verbo, "imaginar", não tem lugar na minha noite. Entretanto, é preciso, mesmo se e principalmente porque não conseguimos. É preciso tentar imaginar.

Vai dar meia-noite e ainda não entrei no quarto de Anne Frank, que é, porém, adjacente. Irei mais tarde.

Ando. Vou de um cômodo a outro, como se devesse ir a algum lugar, mas onde? Desço e subo as escadas, com uma energia nervosa. Procuro o cansaço. Abro meu computador, releio minhas anotações, consulto meus e-mails. A lanterna do meu celular varre o ocre desbotado do papel de parede do quarto do casal Van Pels, a pia de esmalte manchado é protegida por uma fita vermelha e branca.

Desço as escadas em outro sentido, volto ao "meu" quarto, já inspecionei tudo, um tudo modesto: um livro de Dickens tendo pertencido a Otto, que queria melhorar seu inglês, uma coletânea de preces, pertencente a Edith e uma folha de papel almaço corrigida com caneta vermelha — o dever de latim de Margot.

A porta de *seu* quarto está entreaberta. Gostaria de dizer que entrei ali, que nele me recolhi, que uma calma me invadiu, que chorei.

Mas algo está ali, difuso, que me impede e que não posso nomear. Me flagelo, irritada por a noite ter esse efeito sobre mim, prejudicando meu pragmatismo. Esse "algo" não é nem um fantasma, nem uma presença. É uma sensação de excesso, como se fosse impossível que achasse meu lugar ali, naquele quarto.

Paro alguns minutos na soleira da porta. As imagens pregadas na parede, na penumbra, formam um jogo adolescente: rostos de atrizes, reproduções de quadros famosos, fotos de crianças recortadas de revistas femininas, cartões postais.

Otto Frank tinha pensado em levar todos os tesouros de sua filha antes de entrarem em cativeiro:

Graças ao papai [...] pude revestir toda a parede com pincel e cola e fazer do quarto uma gigantesca imagem, escreve em 11 de julho de 1942.

Soa meia-noite no relógio.

Me lembro da exposição consagrada a essas imagens, na parte contemporânea do prédio. Seria preciso descobrir como ir a partir do anexo.

O walkie-talkie crepita algumas palavras em holandês, em seguida uma voz feminina mostra preocupação: não está muito frio, aí em cima?

Não vou reclamar, contudo, lhe digo envergonhada, não *aqui*.

Alguns minutos mais tarde, Gladys, a vigia, aparece na porta do Anexo e me entrega uma coberta de feltro de lã. Me lembra do regulamento: proibido comer, beber e tirar fotos. Isso dito, para ela, se eu prestar atenção, não tem problema — aponta para a garrafa térmica que sai da minha bolsa.

Me encara com um olhar cheio de comiseração: mas não sou obrigada a fazer isso, para escrever? Eu a tranquilizo, fui eu que fiz a escolha de vir aqui, ninguém me obriga a nada, está tudo bem.

Não consigo entrar no quarto de Anne Frank, mas isso não lhe digo.

Posso ficar aqui um pouco?, me pergunta. Sentadas lado a lado na cama dobrável, nos conhecemos melhor.

Gladys me conta sobre esse casal de atores que se preparavam para encenar os papéis de Otto e Anne em um filme. Pediram a autorização para passar a noite, para que pudessem “se impregnar do ambiente”. Mas, finalmente, chamaram-na à 1 hora da manhã, estavam se sentindo mal e deixaram o Anexo.

Se for até o fim de sua noite, será a única a ter feito isso, conclui Gladys, como se me encorajasse a bater um recorde, mas de quê?

Sussurramos. É engraçado, não? Como se temêssemos incomodar alguém. Mesmo trabalhando no Museu há anos, Gladys às vezes ainda tem vontade de bater na porta do Anexo antes de entrar. É um apartamento, é por isso, talvez... não é uma igreja, acrescenta.

E eu? O que senti no quarto da jovem? Nele me recolhi? Alguns visitantes gostariam de deixar flores, como diante de um altar. Colocam pelúcias, deixam diários íntimos...

Concordo, finjo ter ido ao quarto; e, por falar nisso, poderia me conduzir até a exposição dedicada às suas paredes? A vigia me concede a graça de não me perguntar por que para mim é importante ver as reproduções ampliadas das imagens originais que se encontram ao lado de nós, tão próximas.

Percorremos uma série de corredores, em seguida, Gladys para diante de uma porta de um bege banal: por aqui, podemos ir e vir entre o Anexo e o Museu contemporâneo sem seguir o caminho dos visitantes. É um atalho, uma passagem secreta. Para reencontrar essa porta que nada indica, Gladys me aconselha que me lembre de um detalhe no cômodo.

Uma vitrine protege dois folhetos oficiais redigidos em alemão e um retrato de Margot Frank, com um sorriso sério de moça preocupada. Margot, cujo nome figura em um dos folhetos: é uma lista que a diretora de sua escola redige para as autoridades nazistas, em 16 de julho de 1941. "Tenho a honra de apresentar a lista de nomes das crianças de sangue judeu."

Margot será aquela que me indicará o caminho, a silenciosa das palavras perdidas.

As grandes salas adormecidas do Museu contemporâneo me acalmam. Aqui estou no meu lugar, o de uma visitante banal.

A exposição se estende por vários painéis. Os cartões postais da jovem são comentados, leio os textos explicativos, anoto, tiro foto das fotos.

Nesse instante da noite, ainda não estou consciente de que para mim é impossível encarar os *verdadeiros* cartões postais, no *verdadeiro* quarto de Anne Frank. Não vejo que prefiro a ficção de uma exposição ordenada, de uma narrativa do real.

As crianças têm medo do escuro, da solidão, dos fantasmas e dos monstros. No cinema, cobrem os olhos com as mãos, entreabrindo os dedos, para ver um pouco daquilo que temem.

Ao crescer, perdemos em coragem: olhamos para o outro lado. Seguimos.

Passo rapidamente em frente a uma seleção de retratos de Anne Frank, um círculo de mímicos.

Em maio de 1935, ela se presta ao exercício da deselegância: mal-humorada, se afasta da câmera, sua gola Claudine ultrapassando o colete de lã. Em maio de 1937, torna-se agitada, não tem tempo para ficar sentada, o borrão da imagem é testemunha. Em maio de 1941, seu último ano de liberdade, seu vestido com mangas bufantes a fantasia da menininha que não é mais, tem, no seu rosto pálido, a marca do longínquo.

Maio de 1942: a imagem tenta não contar a História, na esperança de que *tudo isso* seja apenas um episódio vergonhoso, a ser esquecido. O enquadramento se fecha ao redor de Anne Frank. Nessa foto, não vemos nada, mas sabemos: o vestido da jovem está marcado com uma estrela amarela.

Diane Arbus dizia de suas fotografias que eram "um segredo sobre um segredo", e ofereciam "a prova de algo que já não era mais. Como uma mancha. E a imobilidade delas é desconcertante. Podemos lhes virar as costas, mas quando voltamos, estão sempre ali, nos olhando."

Dou as costas para os retratos, mas Anne Frank está sempre ali, me encarando. A iluminação suave do Museu revela mais do que clareia: uma parte inteira da parede acomoda seu rosto em grande plano, sem data ou comentário.

O passado é apenas um instante no tempo, ele não existe. Anne Frank parece com todas essas adolescentes que enrubescem de repente sem que se saiba o porquê; talvez a envergonhemos, com nossas perguntas, nossos comentários. Talvez não deveríamos entrar no quarto delas.

Andei em sua direção. E vi algo que nunca tinha reparado, um detalhe, um nada, provavelmente. Algo que não entrou para a História, embora saibamos tudo sobre ela.

Nas bochechas aveludadas de Anne Frank, pequenos pontos vagam, desenham um caminho de infância.

Anne Frank tinha sardas.

Estava tão próxima dela que não via mais Anne Frank, mas uma pessoa chamada Anne. Fiquei de frente para ela por muito tempo. Tudo era muito grande. O Museu era tão vasto, a foto tão larga, a noite tão longa, desolada. Ela estava ali tão sozinha e tão pequena, uma única palavra, Anne.

Anne a adolescente, tão adolescente, que esperava impacientemente, toda semana, que Victor, um dos protetores, lhe trouxesse *Cinema e Teatro*, uma revista que celebrava o espetáculo, mas também o regime nazista.

Uma adolescente tão adolescente que colecionava fotos de atrizes com pó compacto, sobrancelhas redesenhadas e cílios desmedidos. Uma adolescente magricela e pálida demais, condenada a nunca mais ver o sol, que pregava na parede de seu quarto as imagens de um mundo deslumbrante, um mundo iluminado em seu melhor perfil e brilhante com mil strass. Um mundo de corpo harmonioso e firme de tantas massagens e cuidados, corpos treinados para explorar, como o de Sonja Henie, a patinadora.

Sonja reina nas paredes do quarto de Anne Frank, ela se impõe, uma virgem de gelo com um tutu branco, os cabelos presos com uma faixa de pele de furão. Ocupa seu trono, langorosa no banco de trás de um automóvel branco, encara a câmera, seu vestido imaculado se mistura ao couro dos assentos.

O que nela seduzia Anne Frank? Sua precocidade? Essa tripla campeã olímpica revolucionou a patinação aos quatorze anos de idade, escolhendo avançar de minissaia e patins brancos, no lugar das saias longas da época e dos tradicionais patins pretos.

Será que Anne Frank sabia que Sonja Henie tinha sido apresentada a Hitler nos Jogos Olímpicos de 1936? Tinha feito todo um espetáculo, cumprimentando-o com graça e humildade — uma flexão de joelho, uma reverência — em seguida, o braço estendido, o corpo moldado por um vestido de cetim creme, gritou com convicção: "Heil Hitler!".

Sonja provavelmente não teria gostado que Anne tivesse escolhido pregá-la ao lado da atriz americana de origem chinesa Anna May Wong.

Toda sua carreira fora a de uma eterna dublê. Confrontada a uma lei cinematográfica que proibia gestos "íntimos" entre atores de etnias diferentes, Anna May Wong teve de se contentar em ensinar às atrizes brancas escolhidas para interpretar asiáticas como segurar corretamente os pauzinhos.

Anne Frank atribuiu a Greta Garbo um lugar de rainha: em cima da patinadora colaboracionista. Garbo, bela como uma mulher e tão desejada quanto um rapaz, que os produtores chamavam de "a reclusa", pois recusava se prestar ao jogo da promoção.

Anne Frank colou a foto de Deanna Durbin em cima de sua cama; e talvez tenha tido tempo, antes de entrar na clandestinidade, de ver um de seus filmes. Deanne Durbin, a estrela criança de comédias otimistas e açucaradas, de quem ninguém mais se lembra: *As três mocinhas cresceram, Três mocinhas na praia, Deanne investiga.*

Deanne, para quem Mussolini escreveu uma carta aberta, publicada em *Il Popolo d'Italia,* suplicando para fazer alguma coisa, para convencer Roosevelt a renunciar a entrar em guerra.

Anne adorava a revista feminina *Libelle*: dela, cortava pequenas fotos de meninas com cachos claros e vestidos com rufos. Crianças de pele leitosa, brincando de bambolê numa paisagem exuberante, essa natureza que Anne nunca mais veria.

Anne Frank exibia em seu quarto imagens-propaganda de um mundo loiro, triunfantemente ariano, no qual era apenas uma mancha a ser apagada, um câncer a ser erradicado.

Um dia, essa guerra horrível finalmente terminará, um dia poderemos ser de novo seres humanos como os outros e não simplesmente judeus, escreve Anne Frank, em 11 de abril de 1944.

A esse voto jamais atendido, Philip Roth, em *O escritor das sombras*, responde o seguinte:

"Uma vez por ano, os Frank cantavam um cântico inofensivo de Hanukkah, diziam algumas palavras em hebraico, acendiam algumas velas, trocavam alguns presentes. [...] Foi o suficiente para torná-los inimigos. Ainda menos. E mesmo nada, tal era o horror e a verdade. [...] Os Frank podiam se reunir ao redor do rádio para ouvir concertos de Mozart, Brahms e Beethoven; podiam relaxar lendo Goethe, Dickens e Schiller; ela podia procurar noite após noite, nas árvores genealógicas de todas as famílias reais da Europa, por pretendentes adequados para a princesa Elizabeth e Margaret Rose; podia evocar com paixão em seu diário um amor pela rainha Wilhelmine e seu desejo de ter a Holanda como pátria — nada disso adiantou, a Europa não lhe pertencia e eles não pertenciam à Europa. [...] Em vez disso, três andares acima de um lindo canal de Amsterdã, viviam amontoados em trinta metros quadrados com os Van Pels, tão isolados e desprezados quanto os judeus de um gueto. Primeiro a expulsão, depois o confinamento, finalmente em vagões de gado, campos e fornos crematórios, a obliteração. E por quê? Porque o problema judeu a ser resolvido, os degenerados cuja contaminação os seres civilizados não podiam mais suportar, eram eles próprios, Otto e Edith Frank, e suas filhas, Margot e Anne."

Aperto sem pensar na tecla "ligação" do walkie-talkie. Gladys atende imediatamente: minha visita acabou?

No cômodo de controle por vídeo, sou uma silhueta borrada, com rosto calmo e sem lágrimas, vestida com uma saia preta e uma camisa branca, parada diante de uma parede de imagens.

Não me lembro qual pergunta lhe fiz, provavelmente Gladys entendeu que se tratava apenas de um pretexto para ouvir uma voz no meio desses silêncios.

Falamos de Jesus, esse rapaz de olhos fechados agonizando nos braços de sua mãe: uma reprodução da Pietà de Michelangelo, que Anne Frank cortou da *História da arte*, de Springer, presenteada por seu pai no dia de seu aniversário. Falamos de Otto Frank, que, ao voltar de Auschwitz, passou longas horas no quarto de sua filha, tentando recortar, sem danificar, a constelação de atrizes. Para guardá-la perto dele, protegê-la. Não toquem nos sonhos de minha filha.

Falamos de Michelle Obama, da delicadeza da mensagem que deixou no livro de ouro. Gladys me contou que a rainha Beatrix, todo ano, vinha se recolher no quarto, como tinha feito Juliana, antes dela.

Anne teria ficado impressionada, teria ficado tão contente que rainhas visitassem seu quarto, é bobo, mas penso nisso a cada vez que um membro da família real vem aqui, murmurou Gladys.

A vigia me desejou boa noite, acabaria em breve seu turno a ser ocupado por outra pessoa. E eu?, me perguntou. Qual era meu programa?

O som dos vídeos na sala ao lado foi desativado; duas telas projetam em loop documentários, dois rostos enquadrados em plano médio falam sem fazer barulho, legendados em inglês.

Otto Frank, com os cabelos embranquecidos, vestido com um terno escuro, é entrevistado por um jornalista, nos anos 1970. Conta a irrupção da Gestapo no Anexo, em 4 de agosto de 1944. Conta a procura dos nazistas por joias, prata, vasculhando o armário da entrada: as folhas voando e os cadernos de Anne se espalhando pelo chão. As legendas passam sob o rosto de Otto Frank, quando abaixa os olhos, é como se os lesse ao mesmo tempo que eu.

Quando Miep chegou ao Anexo vazio, juntou todas as folhas e os cadernos de Anne. Não leu. Queria entregá-los a Anne, ao seu retorno. Isso não foi... possível.

Na direita de Otto Frank, uma mulher septuagenária com um casaco preto percorre uma paisagem de inverno, uma planície de árvores desoladas: o que resta de Bergen-Belsen. A grama baixa recobre o canteiro de mais de dez mil corpos.

Hannah Goslar foi presa aos quinze anos de idade, em 1943, um ano antes de sua amiga Anne. Ambas se encontraram na escola primária, moravam no mesmo bairro, em Merwedeplein. Anne fazia seus colegas de classe morrerem de rir deslocando o ombro, tal como uma contorcionista em miniatura. Anne a tagarela que não suportava ser contrariada. Anne de quem a mãe de Hanna dizia: "Deus sabe tudo, mas Anne sabe tudo de tudo."

Hannah Goslar se imobiliza no centro da tela, o rosto petrificado:

"Em novembro de 1944, ouvi dizer que Anne estava presa no mesmo campo que eu. Espalhei a notícia a algumas prisioneiras, disse que a esperaria ao cair da noite, perto dos arames farpados. Em pleno dia, os alemães nos teriam abatido se tivessem nos surpreendido nesse lugar. Ela deu um passo à frente, não a reconheci. Eu lhe disse, mas o que está fazendo aqui? Achei que estivesse na Suíça. Foi atroz. Ela estava..."

Nesse momento, a imagem e as legendas em inglês parecem se dissociar: Hannah sorriu como se a raiva e a dor tivessem se apagado à força do desespero, no auge do sofrimento, o que sobra, nada, nada que tenha sentido, então ela sorriu, enquanto embaixo da tela as palavras desfilam de modo mecânico:

"... esquelética, sem nenhum cabelo, com olhos imensos, tinha medo de que atirassem em nós: não tínhamos o direito de estar perto do arame farpado. Anne repetia mamãe está morta tenho certeza e Margot tão doente, ela vai morrer e papai com certeza está morto   ele está velho demais   estou sozinha no mundo   I'm alone   não tenho mais ninguém

Penso nisso o tempo todo   se Anne tivesse sabido que seu pai estava vivo
teria se agarrado talvez   nunca se sabe
não é?   Se Anne tivesse sabido que seu pai estava vivo   teria sobrevivido?   Penso nisso sem parar   se ela tivesse sabido
se ao menos tivesse sabido   Talvez teria
você sabe,   era   faltava um mês para aguentar
Não tinha nada a que se agarrar ela morreu um mês antes da Liberação   Se ao menos
mas ela não soube."

Viro as costas à Hannah e deixo a sala, a pressa dos meus passos precipitados me envergonha, as câmeras de segurança testemunham a minha fuga? O vigia zomba da minha falta de coragem? Empurro uma porta que se abre sobre um cômodo vazio, salvo por uma vitrine, que protege um jogo de criança: as bolas de gude que Anne deu a sua vizinha logo antes de entrar na clandestinidade, não eram *essenciais*.

São rosa violeta, coral, são amarelo-ocre e verde-jade, têm todas as nuances de um jogo interrompido.

Uma das bolas de gude, azul antracito, parece ter escapado ao desgaste; um brilho difuso ainda se reflete nela e dá vontade de pegá-la, de protegê-la.

Eu me aproximei, coloquei a mão no vidro. Não sabia rezar.

Deixo os jogos abandonados, as atrizes e os painéis explicativos do Museu para encontrar o vazio do Anexo. Já passa das 2 horas. Às 7 horas, irei embora; mas não posso partir sem ter ido ao quarto da jovem.

Por que não vou até ele, o que faço, esta noite, em uma "casa-prisão" daquela que não está mais aqui? Talvez minha mãe, que me aconselhou a trazer um comprimido de Lexomil na minha nécessaire, tenha razão. Talvez, 1,5 mg de benzodiazepínico resolveria meus questionamentos.

Lexomil e Temesta, companheiros de estrada dos meus avós, como de todos ao redor deles, esses imigrantes judeus russos, poloneses, romenos.

Tomamos quotidianamente nosso comprimido antes de dormir, mesmo se nenhum médico o prescreveu, propomos aos amigos assim que demonstram tristeza, como se oferecêssemos um chocolate.

O exílio — perder as raízes — é um mal cujos sintomas são familiares para mim. Não posso testemunhar como uma socióloga ou um psiquiatra, mas como neta de exilados. Conheço os transtornos daqueles que tiveram de abrir mão do nome, da língua, do país, da casa, dos pais e dos seus desejos. Os sobreviventes e os exilados não são heróis. São os exauridos que fazem *como se*. São tal qual Elie Wiesel os descreve em *Le Jour* [O dia]:

“Eles se parecem com os outros. Comem, riem, amam. [...] Mas não é verdade: encenam, às vezes mesmo sem saber. Quem quer que tenha visto o que viram não pode ser como os outros. [...] Uma capacidade se quebrou dentro deles, sob o efeito do choque.”

São pais insanamente preocupados com a ideia de não conseguirem proteger seus filhos. São pais que clamam que seus filhos não se façam notar, que lhes inculcam a arte de desaparecer, de se fundir à paisagem.

São avós extremamente orgulhosos dos menores sucessos de seus netos, de tudo que confirmará o pertencimento ao país de acolhimento. Avós que, quando recitamos uma poesia banal francesa no sétimo ano, os olhos se enchem de lágrimas.

No verão dos meus quinze anos, quis tentar escrever pequenas biografias, um novo exercício, eu mantinha um diário desde os oito anos.

Meu avô se submeteu gentilmente a todas as minhas perguntas.

Sua data de nascimento? Em torno de 1906. Não tinha certeza, não se guardava um registro preciso em Retchytsa, sua cidade natal, na Bielorrússia.

A data na qual sua família teve que fugir dos pogroms russos para a Polônia? Talvez em torno de 1920, quando era adolescente. O bairro-gueto, no qual se instalaram em Varsóvia? E suas irmãs? É verdade que uma delas era dentista, que todas estudaram, apesar do *numerus clausus* que os poloneses impunham aos judeus?

Ele não sabia. Não tinha mais vontade de pensar nisso. Isso tudo não era interessante. Passado.

As páginas, no meu caderno, não são preenchidas, um esboço aleatório de frases curtas e de pontos de interrogação.

O homem que eu desisti de interrogar era o homem do recomeço, do início. Um ser de esperança que acreditou, a cada vez, na possibilidade de uma existência ordinária.

Ele cantarolava em todas as circunstâncias. Quando lavava a louça, quando arrumava seu escritório, no volante do carro, na hora de ir dormir.

Às vezes, eu tinha a impressão de que ele cantava como essas crianças que querem ganhar coragem: um menino de Retchytsa apavorado a cada instante, na rua, na escola, de ser apanhado, capturado, deportado. Um órfão que cantava alto, na beira de uma floresta muito escura, essa floresta que escolhia como o cenário das histórias que me contava, nas quais o herói nunca conseguia escapar.

Às vezes, tinha a impressão de que ele cantava para que uma voz persistisse na escuridão.

Ele era tão solitário. Sem elas. As raras vezes em que sua voz enrouqueceu, quando não podia cantar, seus olhos se embaçavam; repetia o nome delas, uma litania, uma prece, mas para quem? Ninguém ouviu sua prece:

Sonia Bronia Olga Chava.

Esse refrão ressoava no vazio, pequenas sílabas que ecoavam. Não tinha mais nenhuma foto delas. Suas irmãs, jovens independentes, tinham insistido em estudar em Varsóvia, apesar da imposição aos judeus de se sentarem longe uns dos outros nos anfiteatros, em bancos designados.

Jovens mortas em um vagão de gado que as conduzia ao campo de Auschwitz.

Sonia Bronia Olga Chava.

Como Otto Frank, meu avô foi vítima da "fé trágica" que tinha colocado no seu país de acolhimento, convencido de que, se fizesse um esforço, seria respeitado e protegido. Um país que seu pai tinha tanto vangloriado, aquele da Declaração dos Direitos Humanos e de Victor Hugo: a França. Chegou por volta de 1933.

Não era nada mais que um simples imigrante, nada mais que um perseguido forçado a abandonar tudo e, de novo, abandonar os poucos bens que possuía, a fugir de Paris para se esconder. Viver na França se transformou em sobreviver à França: a administração francesa impõe aos judeus o uso da estrela amarela em 1942. Mesmo se meu avô contava com orgulho que tinha entendido imediatamente que não devia aceitar, nunca mencionava aqueles que tinham votado essa lei antijudaica.

Nunca mencionou qualquer responsabilidade francesa.

Meus avós sobreviveram agindo como se a França tivesse sido realmente uma terra de acolhimento. Fizeram do esquecimento um saber. Juraram fidelidade à amnésia. O quotidiano continuava sendo para ele um espaço hostil, no qual tinham receio de agir mal, de serem apontados com o dedo, de serem tratados "como estrangeiros". Não conheceram nenhuma serenidade.

Salvo nos domingos à tarde, quando se encontravam com os outros que se pareciam com eles: amigos poloneses, russos, romenos, todos membros da mesma associação judaica, laica e comunista.

Naqueles momentos, durante algumas horas, abandonavam o francês como quando se tira uma roupa muito apertada. Falavam iídiche ou hebraico, alguns se conhecem "de antes", vêm da mesma cidadezinha russa ou polonesa.

Retomaram a confiança. Não eram mais essas pessoas vindas de longe. Falavam com entusiasmo, comentando a última aparição na televisão de Georges Marchais, encantados com a cultura musical ou teatral de um ou outro palestrante convidado. Trocavam artigos de jornais, cantavam, juntos bebiam um chá fervendo ou um copo de vodca, comiam strudels e bolos de papoula.

Segunda de manhã, voltavam a ser estrangeiros com sotaque marcado, escolhiam as palavras com atenção, o cuidado daqueles que não têm as palavras do país no qual vivem.

Ser francês era uma tarefa de todos os dias de cada instante; à noite, por sua vez, escapava desse dever, graças a um comprimidinho branco.

Os cantores que retomam a música de outro, lhe homenageiam, mas também acalentam a esperança de fazer melhor que o original.

Nos aproximamos do microfone, persuadidos de que nossa voz será mais apropriada, de que interpretaremos nossa existência diferentemente daquelas e daqueles que nos antecederam.

Helen Epstein, no seu ensaio *O Trauma na herança*, encontrou os filhos e netos dos sobreviventes da Shoah. Filhos a quem os pais nada contaram, filhos, no entanto, assombrados por um passado que não é o deles.

Quando a árvore genealógica é arrancada, o nascimento de uma criança se reveste de uma importância particular: o recém-nascido se torna uma prova de sobrevivência. Ele não poderá se contentar em existir. Herdará um dever: aquele de viver mais forte, para e no lugar dos mortos.

Como é pesado, esse presente. Tentamos compor nossa vida, pensamos ter encontrado nossa voz. No plano de fundo, uma melancolia persiste, que conhecemos sem nunca ter aprendido. Tudo se mistura. Vidas interrompidas atravessam a nossa. Temos uma dívida com aqueles e aquelas que não tiveram direito a uma continuação, uma importante dívida. A sombra deles é esmagadora, a morte deles exige uma resposta. Mas como?

“Eu ficava desanimada com a despreocupação das classes médias entre as quais eu vivia”, escreve Helen Epstein quando evoca sua adolescência.

“Desprezava esses colegas que podiam passar um dia inteiro sem fazer nada [...]. No ensino médio, a maioria dos meus amigos sonhava com um belo casamento, uma bela carreira. Eu sonhava com novas formas de sofrer, enfrentar, sentir e vencer a dor. Tinha o sentimento de que as pessoas que nunca tinham sido vítimas de nada não eram completamente humanas. Desprezo pelas pessoas satisfeitas demais da própria vida sem problemas.”

Entre os treze e os vinte anos de idade, obriguei meu corpo à sobrevivência. Fui atingida por esse mal, presa de uma fome insaciável de provações.

A anorexia é um monólogo. Que diz que alguma coisa nos devora, que queimamos de desejo de viver. A anorexia, creio, é uma promessa de fidelidade feita aos ausentes. A anorexia é, creio, a língua que falam aqueles que herdam histórias silenciosas.

Seremos tão inteiros na abnegação, ávidos de sofrimentos tangíveis. Imporemos para nós uma dura disciplina cotidiana de privação e de exercícios. Não cederemos a nada, nem mesmo às necessidades fisiológicas. Adoraremos a fome, o vazio; as dores musculares e de cabeça serão provas de resistência.

Buscaremos a excelência, o excepcional, sabendo ao mesmo tempo que nunca estaremos à altura dos que nos antecederam, da coragem deles, do heroísmo, do sofrimento, da devastação.

Então, teimaremos em ser irrecuperáveis. Seremos levadas de psicólogo em psicólogo que procurarão a causa dessa doença, que decretarão que nos recusamos a ser uma mulher, que recusamos a crescer, que recusamos a estarmos vivas. Retrucaremos com o mutismo. Porque não poderemos dizer que muito pelo contrário, é esbarrando na morte que clamamos que a vencemos.

"Por que estou tão profundamente convencida de que essas garotas que se deixam morrer têm uma razão comum e secreta, que procuram saber onde está a vida e onde está a morte, por causa de alguma coisa que era preciso lhes dizer, que não puderam dizer, alguma coisa que lhes dá medo", escreve Geneviève Brisac no romance *Pequena*.

Esse "alguma coisa" que os sobreviventes não puderam lhes contar, os filhos e netos delas ouviram.

A anorexia é a experiência de uma solidão absoluta, de uma vertigem. O abismo em que nos refugiamos e nos fechamos. A gente bate em todas as quinas, sem fazer barulho, sem palavras.

Aqueles e aquelas que a habitaram, minha solidão, são escritores e músicos, exilados, apátridas. Me alimentei da busca deles.

Tenho um carinho particular por aqueles que não reivindicam nenhum país, que não celebram nenhuma terra. A escrita sem raízes deles se enraíza na noite, uma noite mais vasta que qualquer paisagem. Rodopiam entre as identidades, é o que os torna tão caros para mim. Nós os seguimos de acordo com a errância deles e não é mais tão grave estarmos perdidos, juntos.

Sair do Anexo é uma escolha de que disponho, não estou trancada aqui.

Ser judia é uma escolha que supus dispor, de modo covarde e ingênuo; desde a infância, fui testemunha de frases antissemitas. Mas elas não me eram diretamente endereçadas. Aqueles que proferiam essas frases se sentiam em segurança comigo: não achavam que eu era judia.

Provavelmente, eu estava longe de corresponder à ideia que tinham dos judeus. Talvez eu fosse loira demais, pálida demais, o sobrenome do meu pai, Lafon, induzia-os ao erro, fazendo sombra ao sobrenome estrangeiro de minha mãe.

"Judia, você? Mas você não parece" é o *elogio* que muito frequentemente acolhe a revelação da minha judeidade. Eu não parecia.

E, às vezes, deixei que dissessem.

Não parecer foi a missão na qual se empenharam meus avós, assim como minha mãe, como qualquer imigrante.

Trabalhar para se tornar invisível. Dar a seus filhos os nomes do calendário cristão, não ser culpado de nenhum símbolo "ostentatório". Aplicar-se para ser uma "boa judia" como se fala dos "bons muçulmanos": honrar o patê de carne suína, celebrar o Natal, rir das piadas antissemitas ou, ao menos, não ficar ofendido. Não falar muito da Shoah. Mudar de assunto.

Otto Frank praticava uma judeidade discreta, que não incomodava a burguesia alemã, da qual fazia parte. Era importante para ele se mostrar patriota e exemplar; depois da guerra, não revogou a sua educação: sua filha podia muito bem se alegrar em seu *Diário*, em 21 de julho de 1944, sobre a tentativa de assassinato de Hitler, podia muito bem escrever, em outubro de 1942, que não havia maior hostilidade no mundo do que entre alemães e judeus, Otto Frank, por sua vez, preferiu dizer, em 1969, que não era preciso "se flagelar" em nome do passado.

Otto Frank aceitou que os roteiristas apagassem as partes em que sua filha reconhece seu terror aos nazistas que desfilavam em Amsterdã e outras, nas quais evocava seu apego à sua judeidade. Talvez o sobrevivente de Auschwitz não pudesse suportar compreender que sua filha *sabia* o que esperava por eles. Talvez o sobrevivente tivesse medo, também. O passado estava tão próximo.

Que triste ironia que esse desejo fanático de assimilação esteja hoje no centro das obsessões conspiratórias.

Ele é suspeito, aquele que "não parece" ser o que é. Ao menos, o estrangeiro que ostenta sua diferença diz que não é um dos nossos. Enquanto aquele que parece conosco... Como distingui-lo? A dissimulação não seria o símbolo do complô?

Em 11 de janeiro de 2015, encontro alguns amigos. Estamos chocados, é impossível para nós falar de outra coisa que não sejam os atentados. A redação do *Charlie Hebdo* e agora a matança no armazém Hyper Cacher.

Sim... mas... isso, isso não é *a mesma coisa*, deixa escapar uma moça. Ela diz nesse dia que abater homens e mulheres porque são judeus é *diferente*, sem nunca terminar sua frase.

Nesse dia, essa mulher de esquerda falou como um homem de direita: Raymond Barre, então ministro, que, depois do atentado da rua Copernic em 3 de outubro de 1980, declarou o seguinte: "Esse atentado odioso que queria atingir os israelitas que estavam a caminho da sinagoga e que atingiu franceses inocentes que atravessavam a rua Copernic."

A exemplo do slogan feminista — nada mais parecido com um sexista de direita do que um sexista de esquerda —, nada mais semelhante a um antissemita de direita do que um antissemita de esquerda: para os dois, os judeus não são *a mesma coisa*. Ainda hoje, um quarto dos franceses está convencido de que existe uma "rede judia".

A paixão mundial por séries de televisão que colocam em cena judeus religiosos ultrarrigorosos, de *Shtisel* a *Unorthodox*, interroga. Talvez esses sejam amados porque são absolutamente estrangeiros, bem visíveis: fanáticos de quem se pode rir ou, então, desconfiar.

Meus avós falavam russo, polonês, hebraico, iídiche e francês. Eram laicos e comunistas, não celebravam nenhuma festa judia. Imaginavam-se franceses.

Era um prazer maravilhoso, uma deferência de convidados que faziam a apologia do país dos direitos humanos e citavam Jaurès.

Lembro-me da tristeza deles depois da notícia do atentado que atingiu a rua Rosiers. Estou feliz que ambos tenham morrido antes de saber do martírio de Ilan Halimi, do assassinato das crianças da escola Ozar Hatorah e dos homens que faziam compras no Hyper Cacher.

Deve ser o alvorecer em Amsterdã, mas não vejo nada, todas as janelas do Anexo são cobertas por um tecido opaco, como era o caso em 1944.

Em menos de três horas, centenas de pessoas farão fila para entrar no Anexo. Em menos de duas horas, sairei do Museu, me perderei nessa cidade sem vontade de retomar meu caminho, andarei por muito tempo, chorarei como quando somos crianças e as lágrimas trazem ainda mais lágrimas, uma mulher me abordará para perguntar se está tudo bem e serei incapaz de responder, acabarei voltando para o hotel e, embriagada de cansaço, procurarei em vão a chave de meu quarto na minha bolsa, virarei o conteúdo no chão de mármore da recepção, sob os olhos impassíveis de um jovem funcionário.

Então, balbuciarei isto, como explicação: passei a noite na casa de Anne Frank.

A alvorada está manchada por uma chuva torrencial, estalando nas janelas do Anexo. Uma chuva de verão que convida ao lado de fora, uma chuva que rompe o silêncio. Escoa no basculante do sótão. A escada que conduz até ele é quase vertical de tão estreita. Nela me apoio, me inclino para ver com o que parece o único cômodo do Anexo ao qual não podemos ter acesso.

Posicionando-nos de viés, avistamos esse minúsculo quadrado de luz, a única janela, a única abertura do Anexo sobre um céu proscrito.

Posicionando-se de viés, vemos o que a jovem viu: *o azul magnífico do céu, a castanheira nua com os galhos nos quais cintilam pequenas gotas, [...] a noite escura e chuvosa, a tempestade, o desfilar das nuvens.*

O corredor foi feito de quarto de dormir para Peter, por quem Anne Frank se apaixona brevemente.

Ela lhe oferece cartões postais para decorar as paredes de seu quarto. Quando lhe propõe outros mais novos, recusa: esses cartões, ele os vê todos os dias, "se tornaram seus amigos".

Quando foi preciso fugir do apartamento para entrar na clandestinidade, seu pai também instruiu Peter a levar apenas o essencial. O jovem insistiu para guardar sua bicicleta. Porque um dia, *depois,* iria passear ao longo do Amstel, com ou sem Anne.

Peter se esforça para achar um lugar para essa bicicleta, no seu quarto improvisado; suspendeu-a no teto.

Peter van Pels morreu entre 11 de abril e 5 de maio de 1945, no campo de Mauthausen, alguns dias antes de sua liberação pelos ingleses.

Me sentei no centro do vazio, diante do otimismo dilacerante de um garoto de dezessete anos. Em seguida, fiz mais um tour do Anexo e, mais uma vez, diante da porta de *seu* quarto, hesitei, recuei e retomei a escada que leva ao escritório de Otto Frank.

Alguns anos depois da publicação do *Diário* nos Países Baixos, leitores abalados começam a se reunir na frente da porta do 263 Prinsengracht. Queriam ver *o* quarto.

Esse interesse repentino toma Otto Frank e os funcionários da Opekta de surpresa; o Anexo está vazio, ninguém nunca põe os pés lá, não há nada para visitar. Somente os escritórios e o depósito onde guardam os temperos e conservas de frutas são acessíveis.

O que fazer daqueles e daquelas, cada vez mais numerosos, que às vezes deixam um buquê de flores, um bilhete na soleira da porta?

Otto Frank consente em deixar algumas pessoas entrarem no Anexo, pede simplesmente que marquem um horário. Esses primeiros visitantes sabem que, bem ao lado, em seu escritório, o pai de Anne está ali, ouvindo-os cochichar, ouvindo-os soluçar?

Mister Frank, o sobrevivente que os negacionistas acusaram de ter *inventado* sua filha.

Escolhi não escrever os nomes aqui: as identidades deles são intercambiáveis. São, primeiramente, líderes das Juventudes hitlerianas, depois panfletários de extrema-direita, conspiracionistas e negacionistas. Eles se sucedem e se respondem ao longo das décadas. São obcecados pelo assunto, se dedicam a livros e tribunas, se disseminam nos comentários de cada página da Internet consagrada à jovem. Mas, mesmo se não escrevo os nomes deles, é preciso falar da obstinação que têm em apagar Anne Frank. A menina de Amsterdã é insuportável para eles, cuja narrativa é a prova de que *sabíamos*, essa que nos proíbe de fingir que não sabíamos.

Em 9 de outubro de 1942, Anne Frank escreve: *Vários de nossos amigos e conhecidos foram levados em grupos inteiros. [...] São transportados para Westerbork em vagões de gado. [...] Supomos que a maior parte foi massacrada. A rádio inglesa fala de asfixia por gás.* Os negacionistas são obstinados, mas mostram pouco rigor: a maior parte não fez nem mesmo o esforço de ler o *Diário* inteiramente.

Impossível, diz um deles, que os clandestinos tenham passado o aspirador. Teriam sido ouvidos. Os clandestinos fazem a faxina quando o prédio está vazio, entre meio dia e 13 horas, ou no domingo, escreve Anne Frank.

Sobre isso, alega triunfantemente um outro, palavras escritas com caneta esferográfica, que era muito pouco comum em 1944! Essa "prova" é tão falsa quanto as anteriores. As poucas frases em caneta esferográfica foram redigidas em abas de papel, inseridas no manuscrito: são as notas de trabalho de uma das grafologistas que examinou a autenticidade do texto nos anos 1960. Ela testemunhou.

Em 1959, durante uma representação da peça na Áustria, jovens neonazistas interrompem o espetáculo para distribuir um panfleto aos espectadores: "Isso aqui é uma fraude. Anne Frank nunca existiu. Os judeus inventaram tudo a fim de ganhar mais dinheiro. Não acreditem em uma só palavra de tudo isso, é pura invenção."

Simon Wiesenthal, "caçador de nazistas", decide então ir à procura do oficial que prendeu os Frank, na esperança de que desse seu testemunho: isso colocaria um fim nos ataques dos negacionistas.

Ele o encontra em 1963. Tendo se tornado inspetor da polícia criminal em Viena, Silberbauer se lembra muito bem do Anexo e de ter ficado abismado que oito pessoas tenham conseguido viver ali durante dois anos. Silberbauer reconhece Anne em uma foto que lhe é mostrada, assim como Otto Frank. Lembra-se da insígnia alemã desse último, honrando sua bravura na batalha, "para um judeu, era notável".

A investigação leva Silberbauer à suspensão momentânea de suas funções. Durante o interrogatório, se lamenta: acaba de comprar novos móveis que ainda não acabou de pagar. Se não tiver mais trabalho, como vai fazer? Ofende-se: é inacreditável ser interrogado sobre esse caso, essa ação fazia parte de sua missão. Além disso, conclui, não tenho nada a declarar.

A justiça austríaca julga que não há material suficiente para um processo, o SS estava efetuando seu trabalho quando prendeu os Frank e os enviou ao campo de Westerbork.

Silberbauer continuará em seu posto de trabalho.

As pseudoprovas da inexistência de Anne Frank foram desmentidas por numerosos historiadores, grafologistas e outros especialistas. Mas sei, sabemos, nada será suficiente. É próprio do conspiracionista ver em todo argumento uma confirmação da conspiração. Nenhum testemunho, nenhuma área de especialidade, seja científica ou histórica permitirá pôr fim a essas reescritas da História.

Otto Frank lutou até sua morte contra cada um desses ataques. Tentou entrar com ações na justiça e aceitou submeter o *Diário* a especialistas em 1959, 1961, 1980. Miep Gies declarou sob compromisso de honra que tinha visto

Anne escrever seu diário, o mesmo que guardou em segredo em uma gaveta.

O Instituto Médico Legal, o laboratório judicial do Ministério da Justiça holandês, analisou minuciosamente os cadernos. Tudo foi examinado: o papel, a cola, a tinta, os cartões postais colados na parede. A escrita da jovem foi analisada até o último detalhe, uma grafologista, Dra. Mina Becker, chegou a constatar traços de degradação física, consequência da falta de atividade e de ar fresco. Um documento de setecentos e dezenove páginas confirmou a autenticidade do *Diário*.

Não posso deixar de pensar que, talvez, Anne Frank, tivesse sorrido ao ler que um negacionista afirmou, como prova definitiva de falsificação, que nenhuma jovem de quinze anos teria sido capaz de *pensar* e, muito menos, de escrever o que tinha lido no *Diário*: era inteligente e irreverente demais para uma menina.

A irreverência das jovens deveria ser objeto de toda a nossa atenção, deveria ser arquivada e transmitida. Deveríamos adorar esses curtos anos durante os quais as jovens ignoram a prudência, o respeito e o remorso.

Mentem com desenvoltura e sem estado de ânimo, comem com os dedos, sobem no telhado e, de braços dados, ocupam toda a calçada. O único medo delas é de se parecer conosco. De se tornar esses seres sem fôlego que se queixam que "não lhes falta motivação".

Os pais adoram contar as palavras que suas crianças pequenas dizem; ficam emocionados com a fantasia e humor deles. Da adolescente futura, por outro lado, têm receio como se fosse uma doença, um cometa que ameaça a paisagem, devastadora. Como temos medo do excesso de lucidez adolescente, esse olhar "vidente" que desnuda nossos compromissos.

Reler nosso diário íntimo é nos confrontar com a adolescente que fomos. Será que a envergonharíamos ou daríamos pena? Baixamos os braços? Nos tornamos sensatas, sensatas demais, por falta de coragem?

Seria preciso reler regularmente nosso diário para continuar à altura de nossa adolescência.

Que adulta ela teria se tornado, Anne Frank? Ela que prometia a si mesma não se tornar tão "insignificante" quanto sua mãe, que se dizia "em êxtase" diante do corpo nu das mulheres, o que proporciona, ainda hoje, a censura pelos cristãos fundamentalistas nos Estados Unidos. Uma irreverente que defendia a importância, para ela, de sua escrita e que Fritz Pfeffer tratou de egoísta quando exigiu que dividissem igualmente a mesinha do quarto em comum. *Vou lá dar um soco na cara dele e ele vai dançar uma valsa com a parede e todas as suas mentiras*, conclui depois de uma briga.

Se existisse um museu da jovem irreverente, Anne Frank, que se retrata como *pequena cabra turbulenta que cortou seus laços*, seria a madrinha.

Eu estava, provavelmente, embriagada de sono, mas, por volta das 5 horas da manhã, comecei a redigir uma lista daquelas que gostaria de ver honradas nesse museu imaginário. Já tinha dado várias voltas no Anexo e não tinha mais nenhum outro lugar para ir que não fosse esse cômodo que se negava a mim.

Me sentei no piso de linóleo de um corredor, não tinha a menor ideia de onde ele dava, mas podia, ao menos, carregar meu computador sem o medo de utilizar uma tomada de época.

"Jovem" sendo um estado de espírito que não tem nada a ver com a quantidade de anos passados na Terra, seria necessário reservar um lugar, nesse museu, para Laureen Nussbaum, de noventa e cinco anos.

Na ocasião de nosso encontro virtual, Laurren rejeitou meus preconceitos com o entusiasmo de uma menina. Quando lhe perguntei se Otto Frank tinha censurado os trechos do *Diário* em que Anne Frank se interrogava sobre sua sexualidade, me cortou com um sonoro *NONSENSE*, que pode ser traduzido pelos bem adolescentes como QUE VIAGEM!

Para Virginia Woolf, seria necessário dedicar um andar inteiro. Seria impossível não celebrar Nina Simone. E gostaria de ver nele minha mãe e todas aquelas que, como ela, ignoram que são irreverentes, que foram assim, em segredo, às vezes.

Depois desse início de lista, pensei no prédio que abrigaria esse museu. Deveria ser comum, deixando a irreverência nos pegar de surpresa. Um palácio o esmagaria, a irreverência seria enquadrada por um excesso de arrogância.

Se a opulência de alguns museus anuncia o esplendor das obras que protegem, outros são mais gozadores, escolhendo como domicílio onde menos os esperamos.

Em Bucareste, por exemplo, o museu nacional de Arte contemporânea está situado no último andar do que antes fora o palácio Ceaușescu e que é, hoje, a sede do Parlamento.

Esse museu acolhe os trabalhos de artistas nascidos, em sua maioria, depois da queda do regime comunista.

Em 2010, tive a oportunidade de ver um quadro que o museu tinha escolhido não expor. Estava visitando uma exposição com uma amiga de Bucareste, quando ela me propôs ir ver essa obra escondida.

Depois de ter certeza de que os guardas não prestavam atenção em nós, minha amiga me fez um sinal para segui-la discretamente. Ela conhecia o caminho, já tinha vindo três vezes, não se cansava...

No fim de um longo corredor, uma porta banal: era aqui. A lanterna de seu celular revelou a bagunça de um depósito. Tinham armazenado nele móveis antigos, tapetes empoeirados e um imenso quadro que jazia virado para a parede.

Foram necessárias várias tentativas para conseguir movê-lo. Como se ter sido abandonado em um armário não fosse suficientemente uma desgraça, estava também invertido. Não reconheci de primeira Nicolae Ceaușescu. O pintor o tinha consideravelmente embelezado e emagrecido, tinha a tez fresca, cabelos luminosos e a cintura marcada em um terno cinza. Ao redor dele, uma dezena de pioneiros com as bochechas rosadas o cobriam com um olhar enamorado.

Provavelmente esse pintor tinha sido parabenizado por sua composição, em 1988, talvez tenha ficado até mesmo orgulhoso. Hoje, certamente, deve preferir esquecer sua contribuição a uma ditadura.

Passamos um bom tempo nesse depósito, no coração do falecido comunismo.

Trocamos ali lembranças de infância. O ex-presidente fazia parte delas. Demos risada dessa vaidade comum a todos os chefes de Estado, que hoje exigem dos fotógrafos que photoshopem as protuberâncias, rugas e cintura.

No livro de ouro do museu, deixamos algumas linhas: esse quadro era de mau gosto e risível, e o era ainda mais imaginar que escondê-lo faria desaparecer a colaboração das memórias.

Mas, talvez, tenha sido eu quem agiu de mau gosto, nesse dia, ao me interessar mais pelo conteúdo de um depósito do que pelas obras expostas no museu.

Esses de quem se diz terem bom gosto me fascinam. Estar perto deles faz surgir um complexo de inferioridade infantil. Admiro o modo de se vestirem "com um nada", de mobiliar o apartamento com sobriedade. Do lado deles, nós nos sentimos grosseiros, descuidados.

Nosso gosto não é inato, é um revelador social impiedoso do cenário no qual crescemos, dos estudos aos quais tivemos acesso. O "bom gosto" é uma herança de saberes e, também, da segurança que acompanha esses saberes.

Afirmam que os pintores impressionistas são "populares" por serem de "fácil acesso", decretam que tal filme aclamado é muito "comercial", falam das "pessoas" sem nunca se incluir.

Durante a escrita de *La petite communiste qui ne souriait jamais* [*A pequena comunista que nunca sorria*], lembro de ter lido uma quantidade de artigos condenando o "mau gosto" de Nadia Comaneci na sua chegada aos Estados Unidos em 1989, quando acabava de fugir da Romênia.

Ao invés de notar as intervenções da ginasta, passavam no crivo seu estilo: o "azul chamativo" de sua sombra nos olhos, o loiro "barato" de seus cabelos, a "deselegância" de sua jaqueta de couro falso, tudo isso era "típico" da Europa do Leste.

Faz alguns anos, durante uma residência europeia, fui encarregada da tarefa de apresentar Bucareste a um casal de artistas escandinavos. Esses não se interessavam nem pelo esplendor ortodoxo das igrejas, nem pelos prédios *Art nouveau*, não mais que pelas performances improvisadas dos poetas nas casas vitorianas abandonadas. Estavam buscando algo bem diferente: provas do que qualificavam de "brega". Tiravam foto na frente de uma vitrine de loja, com o indicador apontado para roupas de limpeza ultrapassadas, em tecido sintético florido. Zombavam ostensivamente dos saltos muito altos de uma garçonete em um café, se mostravam céticos quando eu elogiava a vitalidade da cena rap em Bucareste.

Recentemente, esses artistas foram assunto de uma reportagem em uma revista de decoração; o artigo vangloriava o "bom gosto" deles. Eu me lembro da brutalidade desse gosto, da certeza que tinha de serem depositários.

Meu gosto é mal organizado. Ignora a hierarquia, mistura as músicas alegres dos musicais com as danças romenas de Bartók, as páginas sublimes dos livros de Paul Nizan com aquelas de autores decretados medíocres, cujos romances, na adolescência, me emocionaram.

Um certo mau gosto foi provavelmente transmitido para mim: aquele dos meus avós que conservavam toda uma tralha, objetos sem valor, sem qualidade estética: lembranças de países abandonados às pressas. Um certo desconforto também foi transmitido para mim: o sentimento de não estar no meu lugar, ali, onde se decide o bom gosto.

Quando me propuseram passar uma noite no museu da minha escolha, em nenhum momento pensei ir ao museu de arte. Eu os visito com prazer, mas não me sinto legítima para dar a minha opinião sobre o que está exposto.

Ousar empurrar a porta de um museu significa que não tememos nos perder nele. É um território onde perambulam aqueles que conhecem sua finalidade; os outros admiram o cenário, convidados atentos em não incomodar, que lerão todas as placas explicativas e escutarão as explicações fornecidas pelo audioguia.

Os frequentadores discutem como se estivessem em um café, os outros cochicham, como em uma igreja.

Minha avó falava três línguas: polonês, iídiche e francês. Era uma sobrevivente que conjugava o verbo "lutar" no imperativo, nunca deixava de lembrar que era preciso, seria preciso, combater se, porventura, *aquilo* recomeçasse.

Mas, quando me contava sobre um programa de rádio consagrado a um escritor ou a um diretor de teatro, sua voz se metamorfoseava. Era a entonação deslumbrada da antiga jovem nascida em Lublin, que tinha desejado, querido, sonhado, mas que nada tinha podido, nada tido.

Minha avó era uma esfomeada, uma mulher impedida, que ficou na porta dos lugares de cultura. Eles a dominavam, a intimidavam. A arte só lhe era acessível quando contada pelos outros. Ela lhes devotava um amor sem medidas, chamava-os pelo nome e os citava. Bernard Pivot, Jacques Chancel, Ève Ruggieri.

Ida nasceu na Polônia, por volta de 1914, em Lublin, uma cidade apelidada na época de Oxford judia, onde abundam as culturas teatrais, literárias, religiosas e científicas.

A morte prematura de seu pai, um professor, faz sua família modesta cair na pobreza: aos 8 anos, deve deixar a escola para trabalhar, quando começa a fazer faxina na casa de ricos poloneses. À noite, voluntários do bairro, militantes do Bund (um movimento de trabalhadores socialistas judeus laicos) lhe ensinam alguns rudimentos de história e matemática e também a ler e escrever.

Seu irmão mais velho deixou seu país para ir para a França em 1925, aos 15 anos, enojado de ser a presa de um antissemitismo quotidiano. Repetiu tanto para sua irmã: não há nenhum futuro para eles na Polônia.

Ele lhe envia um cartão postal, com essas palavras: "Venha para Paris."

1930. Ida não tem tempo de aprender a ler em francês, mas pouco importa: o que se exige dela no salão de beleza parisiense, onde é manicure, é se mostrar hábil e sorridente.

O rapaz que encontra em um baile de imigrantes russos atende a tantos nomes quantos países por ele abandonados: nascido Grichka, na Rússia, renomeado Herschel, em seguida Zwi, em sua passagem na Palestina, na França será Georges, o *groom*, motorista de táxi, homem faz tudo, vendedor de Bíblias às escondidas e, até mesmo, secretário de um marechal Juin.

Casam-se, ambos sonham ser naturalizados, logo serão franceses comuns. Mas a ficção de uma França de liberdade-igualdade-fraternidade é de curta duração: a lei promulgando o status de exclusão dos judeus é votada em 3 de outubro de 1940.

Ida ensina a sua filha — minha mãe — a se calar antes que saiba falar. A não dar seu verdadeiro nome, com consoantes estrangeiras. Ida e Georges escondem a filha nos celeiros, em conventos e também no seio de famílias protestantes que lhes abrem a porta, da pequena cidade de Vif, em Isère, até Chambon-sur-Lignon, em Haute-Loire.

1945. Sobreviveram. Ida e Georges voltam finalmente para casa, em Paris: a fechadura do apartamento foi trocada, desconhecidos se instalaram nele. Os móveis e louças foram divididos entre os vizinhos. O resto foi jogado no lixo: papéis oficiais, cartas dos irmãos e irmãs que ficaram na Polônia, na Rússia, as fotos de família. A gente achou que vocês nunca voltariam, diz a zeladora para se explicar. Do passado deles, nada restava. Ida tem uns 30 anos. Dois filhos. Crises de ansiedade. Pesadelos recorrentes que anestesia com os golpes de tranquilizantes. A tuberculose. Um marido devastado, cujos pais e irmãs foram mortos no campo de Auschwitz-Birkenau.

As duas irmãs mais velhas de Ida morreram de fome, prisioneiras de um gueto na Polônia.

Ida só teve o tempo e o lazer de aprender a ler e escrever em francês depois dos sessenta anos.

Os cartões postais que me enviava eram assinados em seu nome, mas escritos pelo meu avô. Ela ficava desconfortável de me deixar ver sua letra pouco hábil de criança.

Mas mesmo se não escrevia, ela escutava tudo sobre a literatura.

Foi a biblioteca de um cenário televisivo que a convidou para a literatura, a do programa *Apostrophes*[2]. Bernard Pivot reinava nas noites de sexta-feira de minha avó. Ele dava fim a toda conversa telefônica — *estou desligando, vai começar* Apostrophes.

Ela se deslumbrava, eles vinham até ela, Nabokov e Kundera, ela os encontrava, Duras e Truffaut. A França de *Apostrophes* atenuava a dos vizinhos que pronunciavam seu sobrenome com suspeitas.

Ida só encontrou o repouso entre ficções, aqueles romances que só começou a decifrar com lentidão com mais de setenta anos.

É ela, Ida Goldman, a razão de minha noite no Anexo;

---

[2] Programa francês literário de televisão produzido e apresentado por Bernard Pivot que foi ao ar de 1975 a 1990.

quem me deu, quando eu tinha por volta de quinze anos de idade, uma medalha dourada com o rosto de Anne Frank gravado. O desleixo desse retrato que pouco parece com Anne Frank lhe oferece o futuro que ela não teve: parece ter uns quarenta anos. Essa medalha, me explica minha avó, eu deveria guardar para sempre. *Não se esqueça.*

Alguns objetos sem valor são intimamente preciosos para nós. Testemunham de um ser, de um amor, de um lugar que não existe mais. Não podemos suportar a ideia de perdê-los, mas é difícil olhá-los, tão forte é o poder de evocação que carregam. Nós os conservamos em segredo em uma caixa, em um envelope, na beira da memória.

Até minha noite no Anexo, essas "coisas" que são tão importantes para mim pareciam não ter nada em comum, exceto pelo meu receio de perdê-las.

Minha medalha de Anne Frank, um terço de pérolas de plástico azul, uma dezena de cartas redigidas sobre folhas de papel transparentes como o céu. E as fotos instantâneas do adolescente que as escreveu. Um adolescente vestido de um suéter azul marinho, seus cabelos cuidadosamente penteados para a foto.

A noite os reuniu.

A noite não existe mais. São 5 horas e 34 minutos, dormi uma hora. Ao acordar, durante alguns instantes, o vazio do Anexo me desorienta, não reconheço nada, mas seu olhar me lembra do presente: o retrato emoldurado de Margot Frank.

Margot faz pensar nessas amigas da adolescência para quem contávamos tudo e que quando as deixávamos percebíamos que delas pouco sabíamos. O tipo de garota que brilhava em todas as disciplinas, mas que não conseguíamos odiar: distinguia-se com simplicidade. O tipo de garota cujo humor irônico surge justamente no momento em que começávamos a achá-la séria demais.

Em 16 de maio de 1944, Anne redige, com admiração, uma lista sobre o que sua irmã estuda na clandestinidade: inglês, francês, latim, geometria, física, química, álgebra, literatura inglesa, francesa, alemã, holandesa, contabilidade, geografia, história, biologia e economia. Faz também aulas de estenografia e se interessa pela mecânica. Suas leituras? Tudo que lhe cai nas mãos, com uma predileção pelo que se aproxima da religião e da medicina.

Margot é também muito esportiva, pratica remo no Amstel. No verão de 1941, Roos van Gelder, treinadora, tira uma foto de sua equipe. Vestidas com shorts brancos e camisetas, tentam fixar o aparelho, atordoadas pelo sol. Encontramos os restos de um piquenique na grama; uma jovem lambe com apetite seu prato, enquanto Margot, à sua direita, morre de rir, com o rosto inclinado, em direção ao céu. Algumas semanas mais tarde, uma nova lei a obriga a deixar a equipe e sua escola de ensino médio para integrar um estabelecimento reservado aos judeus.

Margot, ponto de partida da história, por quem os Frank precipitam a entrada na clandestinidade. Margot-mistério, cujo diário nunca foi encontrado, páginas perdidas de uma vida interrompida.

Páginas que alguém, talvez, em Amsterdã, conservou. Alguém que, talvez, as leu. E talvez esse alguém tem razão em não as compartilhar conosco, em guardar Margot no vazio do passado, protegida das interpretações, análises e paixões. Margot Frank, que começou a soluçar silenciosamente quando os nazistas invadiram o Anexo. Margot, a irmã mais velha, cujo pai dizia que nunca esqueceria seu olhar quando foram separados em Auschwitz.

Margot, que sonhava se tornar enfermeira ou parteira na Palestina, depois da guerra.

No desenho, o ponto de fuga é "esse ponto imaginário destinado a ajudar o desenhista a construir sua obra em perspectiva". Em inglês, fala-se do *vanishing point*. A Margot desaparecida, desvanecida na história, é meu ponto de referência no Museu, aquela que me indica o caminho.

Seu olhar me segue, me interroga: então?

Em uma hora, sairei. Mas vou embora desse jeito? Sem ter tomado o tempo de saudar a menina, sua irmãzinha?

O sino da igreja ressoou e parei de ir e vir, de fugir. São 6 horas da manhã. Estava tão atrasada que isso não tinha mais importância.

As câmeras de segurança não sabem nada de nossos ritmos cardíacos, provavelmente eu parecia serena quando empurrei a porta do quarto de Anne Frank.

Murmurei seu nome, desajeitada e envergonhada: ainda não sabia como chamá-la, Anne Frank, Anne. As verdadeiras imagens, na parede, estavam amareladas, algumas rasgadas. Sobrepunham-se, anulando-se, no ritmo dos desamores da jovem. Um mosaico pop que não ligava para o bom gosto: chimpanzés reunidos ao redor de uma mesa ao lado de garotas muito loiras, a *Pietà* de Michelângelo apagando a silhueta de uma patinadora colaboracionista, Michelangelo e Hollywood se inclinam diante de uma princesa sorridente que mal completou doze anos, Elizabeth de York.

Pensei nessas outras princesas, com corpos de dor e suor, que fingem ser leves, todas de tule de cetim: as princesas Aurora e as Sílfides, esses cisnes brancos ou negros dos grandes balés clássicos. As dançarinas são mensageiras do inefável; carregam a graça apagada de uma estrela antiga, esquecida. A dança se transmite gesto por gesto, de uma dançarina a outra, a mais ínfima inflexão de um pulso se "confia", como um segredo.

O que devia ser feito do que nos foi legado? Como andar sobre os traços sem apagá-los?

O vazio do início da noite se transforma em uma breve tranquilidade, um parêntese. Estava na beira do abismo, mas não tinha mais medo.

Me sentei diretamente no chão *desse* quarto. Abri meu caderno e, sem pensar, escrevi um sobrenome e um nome. Duas palavras. No quarto desolado de uma jovem cujo nome todo o planeta conhecia, introduziu-se a silhueta de um rapaz desconhecido por vocês. Ele tem quinze anos para toda a eternidade. Faz pose em uma foto instantânea que guardo junto com minha medalha de Anne Frank.

Alguns dias antes de ir para Amsterdã, sem uma razão particular, comprei este livro publicado em 2015: *A imagem que falta*, de Rithy Panh e Christophe Bataille. Na minha caderneta, anotei este parágrafo:

"Faz alguns anos, procuro a imagem que falta. Uma fotografia tirada entre 1975 e 1979 pelos Khmers vermelhos, quando dirigiam o Camboja. Sozinha, é claro que uma imagem não prova um crime de massas; mas faz pensar; meditar. Construir a história.

Procurei em vão nos arquivos, nos papéis, nos campos do meu país. Agora eu sei: essa imagem deve faltar.

[...] Algumas imagens devem sempre faltar, sempre serem substituídas por outras: nesse movimento existe vida, combate, pena e beleza, a tristeza dos rostos perdidos, a compreensão do que foi; às vezes a nobreza e, mesmo, a coragem: mas o esquecimento, nunca. [...] E essa imagem que falta, agora, eu dou para vocês, para que ela não pare de procurá-los."

O rapaz de suéter é uma imagem que falta e que dou para vocês. Nunca falo dele porque é impossível evocar sua vida sem chorar sua morte. Nunca escrevi seu nome em outro lugar que não fosse em meu diário. Não é o assunto de nenhuma ficção pois me recuso a dissimulá-lo atrás de um personagem: o real tem, em relação a ele, uma dívida infinita, a vida deve lhe reservar um lugar.

Aqui, talvez, neste quarto, o nome do rapaz pudesse ser pronunciado.

De sua vida, só posso fazer uma curta narrativa, aquela da dezena de dias que passamos juntos. Essas palavras, "passar tempo juntos", falam dos instantes que compartilhamos entre os vivos. Não contamos o tempo passado com os mortos, *estando* junto, de modo tangível, pelo viés da memória, dos objetos que nos lembram deles, das cartas trocadas.

O fim de sua história, suponho, sei, mesmo evitando há décadas imaginá-lo.

Em 1976, o rapaz tem quinze anos, é pensionista de uma escola do ensino médio parisiense; seus pais vivem em Bucareste, seu pai trabalha na embaixada do Camboja.

Em um dia de março, recebe um documento oficial que lhe ordena voltar a Phnom Penh: é demitido de suas funções.

O pai do rapaz é um dos últimos representantes do antigo regime ainda em seu posto, os outros funcionários voltaram ao país há alguns meses, desde que Pol Pot e seus Khmers vermelhos tomaram o poder em 17 de abril de 1975.

O pai chama seu filho, demanda que volte o mais rápido possível para Bucareste. Dali, voltarão para o país deles, em família.

A capital romena é, para o rapaz, uma escala de uma dezena de dias, uma passagem entre sua vida de ensino médio parisiense e aquela, desconhecida, que o espera no Camboja.

Enquanto seus pais organizam a mudança, o rapaz não sabe o que fazer, nessa cidade onde não conhece ninguém.

Confiam-lhe seu irmão mais novo, não têm mais o que fazer além de ir passear em Cișmigiu.

Esse parque, o mais antigo da cidade, é um lugar protegido da estética do comunismo. Pontes de madeira ligam as ilhas artificiais repletas de nenúfares, um gazebo de música e mesas de piquenique lembram o Buttes-Chaumont.

Sentado num banco, o rapaz lê, sem se preocupar com o irmão que brinca com meninas de sua idade. Três garotinhas entre oito e dez anos.

Uma é ruiva e holandesa, seus pais trabalham na embaixada dos Países Baixos. A outra, a mais velha do grupo, é romena, mora sozinha com a mãe em um apartamento da periferia. Sou a caçula loira desse trio, moro perto do parque.

O irmão mais novo, que é da minha sala, apresenta-nos com orgulho o mais velho: ele mora em Paris! E, mais tarde, será diplomata, como o pai deles. Certamente não, retruca o rapaz, incomodado; nem diplomata, nem militar, contrariamente ao desejo de sua mãe. Mais tarde, vai ler romances o dia inteiro e escutar música, é isso que vai fazer.

Está provavelmente um pouco entediado, nessa primeira tarde, nos olhando traçar amarelinhas gigantes no cimento, escutando nossas anedotas de escola.

Ele volta, no dia seguinte, provavelmente por não ter mais aonde ir.

Ficamos surpresos e alegres de ter quase um adulto como interlocutor, um aluno do ensino médio, desses que, normalmente, nem nos olham.

Nesse dia, não vai ter tempo de ler nenhuma página: queremos saber tudo sobre Paris, sobre sua pensão, seus amigos, os discos que escuta, seu mundo nos é triplamente estrangeiro: aquele de um menino, adolescente e que vive no Oeste.

Nós o trazemos para o nosso universo.

Aqui, esse prédio em ruínas é um antigo Monastério, dizem que uma passagem subterrânea está escondida ali, mas a gente nunca ousou se arriscar. No inverno, andamos de patins no gelo sobre o lago, aqui, e daqui a pouco, vamos organizar uma corrida de patins de rodas ao longo desta via circular, a Rotonda scriitorilor, a rotatória dos escritores. As doze estátuas são de autores célebres.

Ele, que parece gostar de ler, será que conhece Mihai Eminescu? Aprendemos uma de suas poesias, na semana passada, na escola:

Um amanhã aos seus dias se acrescenta
Um ontem a sua vida se subtrai
Mas, entretanto, diante de você mesmo
Apenas o hoje se manifesta.

Nós o questionamos: como vai recuperar suas aulas se não vai mais à escola? E por que deve voltar para o Camboja?

Hoje, só tenho uma vaga lembrança da resposta que nos deu. Aos 8 anos, não nos interessamos muito por política. Me lembro que nos explica o jogo diplomático das substituições; seus pais puderam ficar em Bucareste depois da mudança de regime porque seu pai não ocupava uma função importante na embaixada.

Sobre o resto, o rapaz só tem uma vaga ideia do que se passa no Camboja, conhece o nome do primeiro-ministro, um comunista, isso é tudo.

Talvez sua ignorância seja real: está em Paris quando os Khmers vermelhos invadem Phnom Penh em abril de 1975. Se o rapaz leu a imprensa, essa se comove com o "entusiasmo popular evidente" dos habitantes de Phnom Penh, se alegra que "nenhuma gota de sangue tenha escorrido".

Mas, talvez, também, na primavera de 1976, o rapaz suspeite que essa narrativa ocidental seja uma terrível revisão do real. Nesse dia, não nos diz nada.

Mal o conhecemos, mas já só falamos dele na hora do recreio. Ficamos maravilhados com seu estilo, tão parisiense: usa jeans e camisetas Fruit of the Loom[3], impossíveis de encontrar em Bucareste. E, além disso, o que ele tem de tão extraordinário, perguntam nossos colegas de classe? Ele nos escuta. Ele nos questiona. E, se confunde nossos nomes, desculpa-se.

Combinamos de nos encontrar no parque depois da escola, exatamente onde o conhecemos. Quando finalmente aparece, corremos em sua direção. Por mais que tenha tapado as orelhas em um gesto teatral — como garotas podem fazer um barulho desses —, ele voltou, sem seu irmão mais novo, só por nós.

Mas, no segundo dia, parece preocupado — sente falta de seus colegas de sala —, sua tristeza um pouco abatida, nos toca, ao mesmo tempo que nos alegra, pois nos apresenta um desafio: distraí-lo, animar o rapaz.

Inadmissível que fique sentado no seu banco. Declaramos que será o árbitro de um concurso de elástico. Inventamos novas regras. O rapaz sorri. Ri, até mesmo, de nossas fanfarronices, nossas quedas quando tentamos saltar por trás para assustá-lo.

---

[3] Marca norte-americana de camisetas.

Ele se diverte com nossas referências televisivas, tão datadas: ninguém mais, na França, assiste *A feiticeira*! Em retorno, quando pede para que lhe ensinemos algumas expressões de cortesia em romeno, ensinamos nossas injúrias preferidas.

À noite, no jantar, menciono o rapaz pela primeira vez. O que um garoto de quinze anos quer com crianças? A suspeita mal velada dos meus pais me deixa indignada. Só fizeram as contas, com espanto: não faz sentido, todo esse amor por um quase desconhecido.

Apaixonada, eu? Claro que não. É muito pequeno, o amor, faz ficar ciumento e preocupado, quando nenhuma de nós quer monopolizar o rapaz. Compartilhamos o encontro, que nos conecta e nos leva como um refrão.

As crianças têm todo tempo do mundo, então fazem bom uso: elas se esquecem dele. O tempo não existe, o tempo se inclina diante dos anos que nos separam: temos pressa de crescer, enquanto o rapaz, por sua vez, escapa momentaneamente de sua vida de quase adulto para voltar a ser criança.

Ele volta ao parque no dia seguinte e depois.

É uma criança, agora, que morre de rir das nossas piadas, que se empanturra de sorvete de baunilha como almoço, que tenta desajeitadamente plantar bananeira na grama, que perde seus óculos várias vezes por dia, que decreta que é preciso adestrar meu cachorro e, logo em seguida, muda de ideia e o cobre de beijos, é um garoto que pede para jogar de novo 1, 2, 3, sol quando já estamos cansadas, um mal perdedor que trapaceia nas cartas, um garoto preocupado, também, por precisar, em breve, fazer a triagem de suas coisas, toda essa confusão que trouxe de Paris, roupas, discos, livros. Seus pais mandam que comece, impossível viajar com muito peso. Deve pegar somente o essencial. Voltarão para buscar o resto mais tarde, quando estiverem instalados em Phnom Penh.

O que sabe do essencial, suspira. Ele se vira para nós, pergunta para cada uma: o que você pegaria?

Feliz com essa nova brincadeira, lisonjeada de ser questionada, repasso na cabeça minhas possessões: não iria para lugar nenhum sem meu macaco de pelúcia, meu collant, minha coleção de *Fantômette*[4], meu cachorro e, principalmente, meu diário.

Será que ele finge ignorar que tudo isso não é uma brincadeira?

[4] Série francesa de romances infanto-juvenis.

A primavera é de um azul da manhã, o inverno se dissolve na doçura ácida das frísias. A gente tinha quase esquecido dele, do tempo; os dez dias se passaram.

Amanhã, o rapaz vai embora de Bucareste.

Nossa última tarde é um turbilhão de tristezas maquiadas com gargalhadas; damos para ele um buquê de flores colhidas no chão do parque. Declamamos um poema, escrito especialmente para ele; ensaiamos uma música, que entoamos, danço, diante de transeuntes surpresos, um trecho de *Quebra-Nozes*, pés descalços no cascalho.

Queríamos que prometesse voltar em junho, que assista ao espetáculo de fim de ano da escola. Queríamos que ele jurasse estar aqui em julho, iríamos todos juntos à praia, em Constanța.

Zomba de nós, gritando estridente: cantamos fora do tom, danço mal, não temos muito talento, não está nem aí para espetáculos de criancinhas, em seguida, com lágrimas nos olhos, ele se levanta bruscamente. Melhor a gente se separar imediatamente, aqui, agora, odeia dizer adeus.

Foi embora.

Sentimos sua falta. Seu desaparecimento nos faz descobrir esse mal-estar inexplicável que em romeno a gente chama de *dor*, uma mistura agridoce de nostalgia, melancolia e alegria, a de ter amado. Em uma manhã, a mais velha do grupo começa a chorar durante o recreio, seus pais lhe contaram "coisas" sobre o Camboja; murmura isto, que escrevo em meu diário: nós lembraremos esse encontro por toda a vida.

Em 25 de abril, quando volto da escola, encontro um envelope na caixa de correios; o rapaz me escreveu.

Nunca recebi nenhuma correspondência, salvo cartões postais enviados pelos meus avós. Espero estar sozinha no meu quarto para ler sua carta, que foi postada em Moscou, onde sua família faz uma parada de alguns dias. Os pais do rapaz trabalhavam lá, antes de assumirem o posto em Bucareste.

Descubro que gosta de entrecortar suas frases com parênteses que ele esquece, às vezes, de fechar, descubro a música de suas palavras caladas, que prefere escrever.

Me conta em detalhes o que se anuncia como um périplo. Bucareste-Moscou-Pequim, de trem, e dali, tomarão o avião para Phnom Penh.

Os leitos do trem eram muito desconfortáveis, seus pais estão irritados, a promiscuidade lhe pesa, não para de brigar com seus irmãos. Se sente sozinho, também. Em Moscou, se entedia. Deve fazer o tour dos amigos de seus pais, dizer-lhes adeus, participar de jantares intermináveis entre adultos. Nos escrever lhe faz bem, é um pouco como se a gente se falasse. Ele gostaria tanto de ter notícias nossas, mas ainda não tem endereço fixo.

Que queira perdoar seu mau humor no dia de sua partida. Estava comovido em nos deixar.

Os P.S. se sucedem: por falar nisso, como vai meu cachorro? Por falar nisso, será que finalmente entendi aquele problema de matemática que ele tentou me explicar?

Por falar nisso, fomos, para ele, como irmãs mais novas.

No meu diário, respondo com páginas inteiras que mais tarde lhe enviaria.

Escrever é um gesto de esperança obstinado, a prova de uma esperança sem sentido. O rapaz me escreve novamente e, se seu quotidiano é aquele, monótono, de longas horas passadas num trem, não fala muito mais disso.

Decide por um outro horizonte, agarra o tempo, o submete a uma queda de braços, me projeta no futuro: se diverte me imaginando moça. Meu futuro fantasiado se desdobra sobre folhas e folhas de um azul frágil, que lhes foram dadas pelo funcionário do trem soviético, todas as páginas do seu caderno estão preenchidas.

Quando você for grande...
Talvez, seja advogada? Isso combinaria com você, com toda essa má fé quando você perde num jogo. Você que anota tudo em seu caderno, talvez esteja mais para detetive ou jornalista?

Se meu futuro me proporciona páginas inteiras, o dele só o evoca com parcimônia e poucas palavras. O futuro é condicional. *Minha primeira vida está acabada*, escreve. *Se soubesse com o que se parecerá a continuação....*

Ele gostava de seu quotidiano no ensino médio, principalmente das aulas de francês. Aqui vão alguns versos estudados em sala, para homenagear a Rotatória de escritores do parque Cișmigiu; pede desculpas, só se lembra disso, que Apollinaire lhe perdoe:

O amor se vai como água turbulenta
Assim o amor se vai
E como a vida é lenta
E como esta Esperança é violenta

Ele nos escreve. Lemos mutuamente suas cartas.

Ele me escreve. E tem tanto a dizer que ultrapassa as margens, rabisca na diagonal, em círculo, as palavras se inclinam, as leva em um galope de lembranças: a gente se divertiu bem, apesar de tudo, no parque, com nossas brincadeiras idiotas. Algumas frases se espremem embaixo da página, se apertam umas contra as outras, *sinto em mim uma ruptura. Tenho a impressão de me afastar de vocês, que são meu último laço com a primeira parte de minha vida. Ela vai mudar completamente. Creio. Daria tudo para que...*

Muda de ideia, rasura o resto até tornar ilegível.

Tentamos decifrar o que decidiu não compartilhar conosco. Alguma coisa está infiltrada, ali, que ilumina as frases do rapaz com um peso novo.

Leio a carta para meus pais, eles não me dizem nada. Talvez, ainda não saibam. Ou talvez julguem impossível de me explicar o "programa" político de Pol Pot. Talvez tenham lido, em um jornal, a lista daqueles que os Khmers vermelhos chamam de "subpovo impossível de ser reeducado" e que assassinam metodicamente.

Jornalistas, médicos, advogados, budistas, muçulmanos, Chams[5], cristãos, intelectuais, professores, execu-

[5] Grupo étnico marjoritamente muçulmano do Camboja.

tivos, diplomatas. Estudantes. Aqueles que falam uma língua estrangeira. E aqueles que usam óculos.

Sua última carta, enviada de Pequim, data de 4 de maio.

A família ficará ali uma semana, depois eles pegarão o avião para Phnom Penh. O garoto não existe mais, se transformou em adulto com uma sabedoria triste: *Amanhã, é meu aniversário, não vamos comemorar, não tem importância, agora, o tempo não está mais para diversões. Vamos nos perder de vista por um longo momento, creio que não poderei te escrever do meu país por muito tempo.*

Então, para atenuar a ausência, como prova de amizade, me dá isso, que coloca dentro no envelope: seu terço azul celeste, com pérolas de plástico, *você sabe o que ele representa para mim. Que você possa acreditar no que quiser, que possa acreditar.*

Outra noite, escutou seus discos favoritos, aqueles que comprou em Paris. Seus pais temem ter de pagar uma bagagem suplementar, precisa deixá-los em Pequim.

Então, ele se deu de presente um magnífico show, que juntaria no mesmo palco Blondie, Jacques Higelin e Bee Gees.

Esta música, em particular, escutou sem parar.

Ela é muito velha, mas não tem idade. Mexe muito comigo, mas não sei por quê. Quanto mais escuto, mais seu sentido me escapa, seria preciso escutá-la novamente por anos. Ou talvez não seja preciso tentar compreendê-la ou explicá-la.

I started a joke
Which started the whole world crying
[...]
Till I finally died, which started the whole world living
Oh, if I'd only seen that the joke was on me

As últimas frases de sua última carta parecem uma prece discreta, um adeus que se pretendia despreocupado.

Façamos um pacto, se quiser: quando você escutar essa música, pensará em mim.
P.S. De qualquer modo, não me esqueça rápido demais.
P.S. 2 Eu te peço que não me esqueça rápido demais.

Quando escutar essa música pensarei em você, Charles Chea. Mas, não consigo escutar essa música sem pensar em você, então não escuto essa música.

P.S. No clipe de *I Started A Joke* pontos de interrogação pretos flutuam em câmera lenta, desenhados ao redor dos músicos.

P.S. 2 Me tornei escritora.

Charles Chea tinha 15 anos, era um estudante do ensino médio, falava três línguas, usava óculos, seus pais eram diplomatas, sua mãe era cristã.

Para os Khmers vermelhos, Charles Chea foi apenas uma mancha a ser apagada, um câncer a ser erradicado, um adolescente a ser eliminado.

Ele abriu a porta do quarto de Anne Frank para mim. Que o rapaz seja para ela uma presença amigável, através dos anos que os separam.

Como contar o fim de uma história, sem encerrá-la, senão deixando silêncios, como nas músicas: uma respiração entre duas notas, a promessa de uma continuação.

Eles não *desapareceram*, estão aqui, os ausentes. Persistem e o traço que a ausência deles deixa é uma questão.

O que fazer com uma única noite? Seria preciso anos para responder. Há tão pouco tempo, nunca haverá o suficiente. Nunca haverá vivos o suficiente para responder aos mortos.

Que a ausência deles nos procure, que nunca pare de nos procurar.

Deixei o quarto com as paredes de imagens. Ali ressoam vozes demais. Tinha gente demais ao redor dela e, também, nunca o suficiente. Anne Frank não pertencia nem ao seu pai, nem aos produtores de filmes, nem aos historiadores e, certamente, não a mim. Sabia que era preciso parar de reclamar a propriedade, mesmo se, principalmente, temos todos vontade de abraçá-la.

Deixei o walkie-talkie na cama dobrável. Saudei Margot. O piso do Museu contemporâneo estava úmido, emanava um odor sintético de lilás. Um homem de uniforme azul me esperava na recepção: entregou-me uma embalagem retangular, um presente, da parte do museu.

Protegi-o da chuva por alguns instantes, em seguida, finalmente, desembalei-o no meio da rua: uma foto emoldurada, em preto e branco, da janela do sótão. Aquela através da qual, podemos ver, inclinando-se, um fragmento de céu, a única fuga de um reflexo.

Agradeço a Ronald Leopold, Saskia Matheron e Teresien da Silva, assim como a Gladys Herman, da Casa Anne Frank.

Agradeço a Margot Djikgraaf por seu xale.

Agradeço a Laureen Nussbaum, essencial para mim.

Agradeço a Rosetta Musaph-Andriesse, conhecida como Ted, pelo chá, confiança e palavras.

Agradeço a Florence Illouz e Marc Semo, graças a quem encontrei Henriette Asséo e Annette Wieworka: todos os quatro me aconselharam obras que foram preciosas para mim.

Esse livro deve também muito a *L'Intégrale Anne Frank* (Calmann-Lévy) que reúne todos os seus escritos e ensaios de Mirjam Pressler, Gerhard Hirschfeld e Francine Prose.

Agradeço a Jeanne Bloch, que me apresentou Anat Meruk, a qual me apresentou David Wertheim do Institute for Jewish cultural and social studies de Amsterdã.

Agradeço a Burint Saray de ter tomado o tempo e o trabalho de escutar a história de Charles Chea e conversar comigo.

Agradeço a Alina Gurdiel pela sua fé nessa história, assim como a Manuel Carcassonne e Paloma Grossi.

Agradeço a Marie-Catherine Vacher, sempre. Agradeço a Isabelle Lafon, sua presença.

Agradeço a meu primeiro leitor, Luis Pitiot.

Não posso te agradecer, Olivier Lambert, por todas essas galáxias, a história continua.

Para Jeanne, minha mãe.

Este livro foi composto nas fontes
Source Serif [texto], Mouron e Rousseau Deco [títulos],
impresso pela gráfica Viena em papel Pólen Natural 80g
e diagramado pela BR75 texto | design | produção.
São Paulo, 2023.